KB254086

한 번뿐인 네 인생

자신있게 살아라

초판 발행 | 2012년 1월 10일
2판 1쇄 발행 | 2013년 5월 5일
지은이 | Philip Chesterfield
옮긴이 | 채형민
펴낸곳 | 도서출판 새희망
펴낸이 | 조병훈
디자인 | 김창숙, 박희진
등록번호 | 제38-2003-00076호
주소 | 서울시 동대문구 제기동 1157-3
전화 | 02-923-6718   팩스 | 02-923-6719

ISBN 978-89-90811-38-7   00840

값 7,000원

아버지가 들려주는 인생을 사는 지혜

한 번뿐인 네 인생

자신있게
살아라

Philip Chesterfield 지음
채형민 옮김

새희망

차례

자기 영혼의 재산을
증식시킬 시간이 있는 사람은
참 휴식을 즐기는 사람이다.

−헨리 데이비드 소로우−

아버지가 들려주는 인생을 사는 지혜

세상은 넓고 할 일은 많다.
너의 꿈을 활짝 펼쳐라!!!

18세가 되기 전에 지식의 틀을 만들어라

지식은 네가 나이가 들었을 때
너를 편안하게 만들어 주는 양식이다.

사랑하는 아들아,

인생의 출발선에 선 너는 시간의 중요성을 조금이라도
간과해서는 안 된다. 그리고 젊은 날의 소중한 시간을 올바
르게 잘 활용하는 방법을 깨우치기 바란다.

지금 네게 시간의 중요성을 교육하겠다는 것은 아니다.
시간의 중요성은 따로 강조하지 않아도 잘 알고 있을 것이다. 곳곳에 걸려있는 시계들만 보아도 시간을 잘 활용하는 것이 얼마나 중요한지, 한번 지나간 시간을 되돌리는 것이 얼마나 어려운지 깨달을 수 있다. 다만 너의 일생 중 앞으로 몇 년 동안의 시간이 더없이 소중하다는 것을 말해주고 싶을 뿐이다.

시간의 중요성은 누누이 강조되지만 실제로 시간을 소중하게 여기고, 올바르게 사용하는 사람은 그리 많지 않다. '시간은 날아가는 화살과 같다.' '시간은 흐르는 물과 같아 지나간 시간은 되돌리기 어렵다.' 는 말은 귀에 익숙하지만 쉽게 시간을 허비하는 사람들도 이런 말들을 곧잘 사용하곤 한다.

다행히 너는 시간의 소중함을 잘 알고 있는 것 같다. 이것은 정말 중요하다. 시간의 소중함을 잘 알고 있는지 모르고 있는지에 따라, 시간을 어떻게 관리하느냐가 정해지고 그것에 의해 앞으로 너의 인생이 크게 달라질 수 있다.

그러나 시간의 소중함을 알고 있는 것만으로 충분한 것은 아니다. 시간이 귀중한 만큼 다른 사람에게 본보기가 될 수 있을 정도로 잘 관리하고 시간을 통해 다양한 경험을 하는 것이 필요하다. 그때 비로소 시간의 소중함을 제대로 인식하고 있다고 할 수 있을 것이다.

시간 관리와 시간을 통한 다양한 경험에서 특히 중요한 시기는 18세 이전이다. 앞으로의 몇 년이 더없이 소중한 것은 그 때문이다. 이 시기에 지식의 틀을 만들지 못하면 나머지 인생을 설계하기가 쉽지 않게 될 것이다.

지식은 네가 나이가 들었을 때 너를 편안하게 만들어주는 양식이다. 따라서 젊은 날 이 시기를 가치 있게 보내야 한다. 이 시기를 허비하면 지식을 쌓지 못하는 것은 물론이거니와 인생의 밑그림을 그리는 데도 지장이 있을 것이다. 반대로 이 시기를 잘 관리하고 다양한 경험을 쌓는다면 앞으로의 인생이 충실해질 것이라고 확신한다.

너는 이 시기에 책을 가까이 하고 지식과 학문의 기초를 닦는 데 게을리하지 않길 바란다. 한번 기초를 다져두면 그 틀 위에 지식이 계속 쌓여갈 것이다. 그러나 지금 이 시기에 기초를 다져 두지 않으면 너는 매력이 없는 사람이 되고 말 것이다. 기초를 닦는 데 소홀히 한 젊은 날의 시간은 흐르는 물과 같이 되돌리기 어렵다.

내가 지금 책 읽는 것이 즐거운 것은 너와 같은 시기에 시간을 잘 활용했기 때문이다. 그때 좀 더 열심히 공부했다면 지금 더 큰 즐거움을 가지게 되었을지도 모르겠지만 지금으로서도 그때의 노력 덕분에 책과 함께하는 편안함을 만끽하고 있다. 나는 은퇴하고 나서도 지금과 마찬가지로 언제나 책을 가까이 둘 생각이다.

한 가지 더 명심할 것은 지식을 쌓는 시간만큼 노는 시간도 잘 활용해야 한다는 것이다. 내가 젊은 날에 지식과 학문의 틀을 만든 것은 지금 생각해도 현명한 선택이었다. 그러나 나는 또한 젊은 날을 즐기는 데도 게을리하지 않았다.

잘 논다는 것은 시간이 아깝지 않은 일이다. 놀이는 삶의 활력소이자 젊은 날의 추억이자 낭만이다. 사람은 체험하지 못한 일에 동경을 갖게 마련이다. 내가 젊은 날 마음껏 놀지 못했다면 노는 것에 대한 편견과 동경을 품게 되었을지도 모른다.

다행히 학문적 노력과 함께 노는 것에도 충실했던 나는 선택의 양면성을 잘 알고 있다. 젊은 날 열심히 일하고 마음껏 놀았던 것 중 어느 하나도 중요하지 않은 것이 없는 것이다. 그러나 젊은 날 공부도 하지 않고 놀지도 않았던 시간들은 아쉬움과 미련이 남아 후회로 이어진다.

네가 젊은 날을 넘기고 사회에 나갔을 때는 학문에 힘쓸 시간적 여유가 많지 않을 것이다. 여유 시간이 난다 하더라도 책을 읽을 수 있는 시간을 내기는 쉽지 않게 될 것이다. 따라서 아무런 걱정 없이 공부할 수 있는 때는 지금 이 시기 뿐이다.

그럼에도 불구하고 책을 들여다보는 것조차 내키지 않을 때가 있을 것이다. 그럴 때에는 인생에서 반드시 통과해야 할 관문이라고 생각해라. 더 빨리 지식의 틀을 만들면 더 빨리 중압감에서 벗어날 수 있게 될 것이다. 네가 지금 주어진 시간을 소중하게 다루는 것이 앞으로의 인생에서 더 큰 자유와 편안함과 이익을 가져올 수 있다.

인생이란 소유하거나 받는 것이 아니라, 사람이 되는 것이다.
더 좋은 사람이 되는 것이다.

-아놀드 토인비-

겸손함은 다른 사람을 감동시킨다

성공한 사람으로 인정받기 위해서는
반듯하고 예의바른 태도를 결코 간과하지 말거라.

나는 앞으로도 네게 편지를 쓸 생각이다. 내가 편지에
쓰는 내용은 오랜 경험에서 나온 지혜이기도 하지만 너에
대한 사랑의 표현이다. 네가 아닌 다른 사람에게는 이 같은
얘기를 전할 생각이 없다.

너의 앞날을 걱정하는 내 마음을 이해할 수 있을지, 내
편지가 얼마나 도움이 될지 모르겠다. 언젠가는 내 조언이

적절했다는 것을 이해할 날이 있을 것으로 믿고 내가 하는 얘기들에 진지하게 귀 기울여주기 바란다.

네 나이 때는 운동이 조금 모자라도 건강에 큰 문제가 생기지 않는다. 그러나 두뇌는 그렇지 않다. 두뇌를 건강하게 유지하기 위해서는 많은 훈련이 필요하다. 두뇌를 훈련시키는 데 꾸준한 노력을 기울이지 않으면 안 된다.

때로 타고난 천재성을 보이는 사람도 있다. 이런 사람은 일반인보다 다소 덜한 노력에도 대단한 능력을 발휘하곤 한다. 그러나 천재도 노력 없이 재능만으로 성공하기는 어려운 것이다. 또 천재들은 타고난 재능에 안주하지 않고 두뇌 훈련과 노력을 통해 자신을 성장시키기도 한다.

너는 지식을 쌓고 두뇌를 훈련시키는 데 게을리해서는 안 된다. 지식이 없다면 평범하게 사는 것도 쉽지 않을 것이다. 성공은 더더욱 어려운 일이다. 너는 너 자신의 노력 말고는 아무 것도 믿을 것이 없다.

너는 재산을 모은 것도 아니고 어떤 위치에 올라 있지도 않다. 나 또한 언제 은퇴할지 모르는 상황으로 너를 끝까지 책임질 수 있다고 장담하지 못하겠다. 네가 사회에 첫 발을 들여놓을 때면 나는 이미 은퇴해 있지 않을까 싶기도 하다. 나는 네가 충분히 그럴 자질과 능력이 있다고 믿는다.

나는 때때로 '나의 능력을 세상이 알아주지 않는다.', '세상이 내가 일한 만큼 보상해주지 않는다.'는 등의 사람들의 불만 섞인 이야기를 접한다. 하지만 그런 일은 실제로 많이 일어나지 않는다.

성공한 사람들은 어떠한 역경에서도 자신의 길을 개척해냈다. 이들은 식견과 지식이 있고 반듯한 태도를 가진 사람들이다. 새삼 강조하지만 지식을 쌓는 데 조금도 게을러서는 안 된다. 또한 식견을 갖추지 못하면 성공에 이르는 길은 멀어질 수밖에 없다. 지식과 식견 못지않게 중요한 것은 반듯한 태도다.

성공하기 위해, 성공한 사람으로 인정받기 위해서는 반듯하고 예의바른 태도를 결코 간과하지 말거라. 너의 태도에 따라 지식과 식견이 빛나기도 하지만 감춰질 수도 있다. 그것은 겸손과 예의바름이 다른 사람을 감동시킬 수 있다는 것이다.

지나간 시간은 다시 오지 않는다

만화책이나 잡지책을 읽더라도
멍하니 있는 것보다는 훨씬 낫다.

　　나는 네가 돈은 물론 시간도 현명하게 사용할 수 있기를
바란다. 특히 시간을 현명하게 사용하는 것이 훨씬 중요하
다고 할 수 있겠다. 그렇지만 돈과 시간을 현명하게 사용하
는 사람은 그리 많지 않다는 점에서 네가 각별히 주의를 기
울였으면 한다.
　　네 나이의 젊은이들은 주어진 시간이 충분하다고 여기

기 쉽다. 하지만 젊은 날은 어영부영하다 쉽게 지나쳐 버리기 일쑤다. 시간의 중요성을 깨우쳤을 때는 이미 늦어 버린 뒤다. 지나간 시간은 다시 돌아오지 않는다. 따라서 시간을 낭비하는 것은 돈을 낭비하는 것 이상으로 큰 손실을 초래한다.

'1펜스를 우습게 여기는 사람은 1펜스 때문에 운다.'는 명언이 있다. 1펜스도 쉽게 생각해서는 안 된다는 말이다.

물론 시간도 마찬가지다. 1분을 우습게 여기는 사람은 1분에 울게 되는 것이다. 따라서 아무리 짧은 시간도 소홀히 여기지 마라. 몇십 초, 몇 분을 쉽게 여기는 사람은 몇 시간도 쉽게 낭비하고 만다. 그렇게 1년을, 평생을 지내면 낭비한 시간을 헤아릴 수조차 없게 될 것이다.

사람들 중에는 멍하니 시간만 보내는 이들이 많다. 이들은 무엇을 하려고 해도 시간이 없어 못한다는 핑계를 대곤 한다. 하지만 이런 사람들은 충분한 시간이 주어진다 하더라도 어떤 일도 해낼 수 없을 것이다. 항상 그랬던 것처럼 시간만 보내고 마는 것이다. 이런 사람들은 공부나 일을 할 때도 마찬가지로 집중력을 발휘하지 못할 가능성이 크다.

젊은 시절에는 한가하게 지내서는 안 된다. 너는 이제 겨우 세상에 걸음마를 떼고 있을 뿐이다. 앞으로의 몇 년이 너의 일생을 좌지우지하게 될 것이 틀림없다. 이것이 네가 한 순간도 헛되이 버려서는 안 되는 이유다.

그렇다고 해서 온종일 책상 앞에 앉아 공부만 하라는 것은 아니다. 그 또한 그리 권장할 만한 일은 아니다. 다만 우두커니 있는 시간을 줄이라는 말이다.

일하는 시간과 노는 시간 사이에 빈 시간이 나면 어떤 책이라도 좋으니 책을 읽는 습관을 들여라. 만화책이나 잡지책을 읽더라도 멍하니 있는 것보다는 훨씬 낫다.

네가 누군가와 약속을 했다고 생각해 보아라. 너무 일찍 집을 나서 약속 장소에 도착했는데 아직도 한 시간이 남아 있다. 이럴 때 아까운 시간을 보내며 무작정 기다리겠니?

이럴 때도 책을 읽는 것이 네게 큰 도움이 될 것이다. 그리 길지 않은 시간이라면 데카르트, 로크, 뉴턴의 어려운 책을 읽는 것보다 호라티우스나 부알로의 짧으면서도 재미있는 책이면 적당하다. 이렇게 시간을 활용하다 보면 젊은 날의 많은 시간을 아낄 수 있게 될 것이다.

짧은 시간에도 큰일을 성취할 수 있다

짧은 시간을 잘 이용하는 것 못지않게
일의 순서를 정하고 시간을 배분하는 것도
시간을 잘 활용하는 방법이다.

내가 아는 어떤 사람은 화장실에 있는 시간을 이용해 고대 로마 시인의 작품을 모두 읽었다고 한다. 호라티우스를 읽고 싶을 때는 화장실에 갈 때마다 호라티우스의 시집을 들고 들어가는 방법으로 말이다. 이처럼 짧은 시간을 활용하는 것이 습관이 되어 마침내 그는 따로 시간을 내지 않고도 자기가 읽고 싶은 책들을 모두 읽게 된 것이다.

너도 매 순간을 이처럼 잘 활용했으면 하는 바람이다. 짧은 시간도 이처럼 효율적으로 이용하면 큰것을 이루게 될 것이다.

반대로 짧은 시간이라고 해서 아무것도 하지 않고 우두커니 보낸다면 무엇 하나 이루지 못하는 것은 물론 긴 시간을 활용하는 습관도 들이지 못하게 된다. 이렇게 흘러간 시간들은 다시 돌리려 해도 결코 돌릴 수 없다.

시간을 잘 활용하는 것은 놀이에 있어서도 마찬가지다. 사람은 놀이를 통해 커가고 완전한 인간으로 성장한다. 꾸밈없는 인간 본연의 모습도 놀이에서 볼 수 있다. 따라서 노는 시간이라고 해서 멍하니 시간을 보내는 것은 바람직하지 않다. 놀 때는 열심히 노는 것이 시간을 잘 활용하는 것이다.

짧은 시간을 잘 이용하는 것 못지않게 일의 순서를 정하고 시간을 배분하는 것도 시간을 잘 활용하는 방법이다.

말버러 공작(영국의 군인, 몬머스공의 반란 진압, 영국과 네덜란드 총사령관을 지냈다)은 단 1초도 소홀히 하지 않은 사람으로 유명하다. 그는 1시간 동안 보통 사람의 몇 배나 많은 일을 해냈다. 로버트 월폴 전 영국 수상도 다른 사람보다 10배나 많은 일을 맡아 처리했음에도 불구하고 그가 힘겨워하는 모습을 본 적이 없다. 이들은 일을 처리하는 순서에 빈틈이 없어 이처럼 신속하게 많은 일을 해내는 것이 가능했다.

반면 뉴캐슬 공작(본명 토머스 펠럼 홀리스, 휘그당 때 영국 수상으로 삼촌인 뉴캐슬 공작의 영지를 받아 뉴캐슬 공작 작위를 갖게 되었다)은 순서 없이 일한 결과 결국 전쟁을 패배로 이끌고 말았다. 아무리 뛰어난 사람이라도 순서를 정하지 않고 일을 하다 보면 일이 복잡해지고 끝내 포기하는 일이 많아지게 된다.

어떤 일을 하는 데 있어 다른 사람에 비해 탁월한 능력이 필요한 것은 아니다. 일의 체계를 알고 순서를 정해 추진하면 능력은 있으나 체계가 없는 사람보다 훨씬 더 큰 성과를 가져올 수 있을 것이다.

글을 쓰거나 책을 읽는 것, 사업도 역시 마찬가지다. 모든 일에 순서를 정해 진행하는 습관을 들여 보아라. 미리 정해둔 대로 일을 처리한 것이 얼마나 편리한지, 얼마나 효율적으로 빨리 진행되는지 곧 깨닫게 될 것이다. 마침내는 순서를 정하지 않고 일하는 게 불편해질 것이다.

일하는 것만큼 노는 것도 중요하다

아침에는 책에서 배우고,
저녁에는 친구에게서 배워라.

너는 요즘 어떤 놀이를 하며 지내느냐? 친구들과 카드 놀이를 하는지, 품격 있는 사람들과 식사를 즐기는지 궁금하구나. 다른 사람들과는 잘 지내고 있는지도.

네가 노는 것이 못마땅해서 이런 것을 물어보는 것은 아니다. 그보다는 어떻게 노는 것이 옳은지 알려주고 싶어서이다.

진정한 놀이를 찾아 인생을 즐기는 것은 중요하다. 젊은 날 자신에게 맞는 놀이를 찾아서 실컷 즐겨보는 것도 좋을 것이다. 하지만 무작정 남을 따라 하는 것보다 스스로 판단해 즐겁고 유익한 놀이를 찾아야 한다. 무턱대고 남는 시간을 즐기고 보는 사람은 결국 진정한 기쁨을 만끽할 기회를 놓치게 된다.

놀이로 채운 인생은 의미가 퇴색되기 마련이다. 연속된 놀이에서는 재미를 찾을 수 없을 뿐더러 지루할 수도 있다. 열심히 일한 사람만이 진정한 휴식으로서 놀이를 즐길 수 있는 특권이 있다.

식견이 있는 사람은 놀이 그 자체를 목표로 삼지 않는다. 그들은 그래서는 안 된다는 것을 너무 잘 알고 있고, 놀이가 휴식이자 보상이라는 것에 만족한다. 따라서 같은 수준의 사람들과 함께할 수 있는 품위 있는 놀이, 위험이 적고 일상적인 놀이를 찾아 즐긴다.

반면 생각이 짧은 사람은 쾌락 자체만을 추구하다가 중심을 잃고 인격을 무시당하기 일쑤다.

과식으로 인한 비만 환자, 과음으로 인한 알코올 중독

자, 난잡한 생활로 인한 성병 환자가 진정한 놀이로 즐거움을 얻었다고 보기 어렵다. 이런 사람은 놀이에만 열중한 나머지 심신의 건강을 해치고 있는 것이다.

그런 점에서 고대 아테네의 장군 알키비아데스는 현명했다. 그는 창피한 줄 모르고 방탕하게 행동했음에도 일은 물론 철학에서도 다른 사람보다 열심이었다.

줄리어스 시저도 인생을 균형 있게 산 사람 중의 하나다. 그는 일과 놀이를 황금비율로 조율할 줄 알았다. 많은 여성들과의 연애로 사생활은 복잡하다고 알려져 있지만 훌륭한 학자, 웅변가이자 로마 최고의 지도자로 손꼽히고 있다.

너도 역시 일과 놀이에 분명한 선을 그었으면 한다. 또 일과 놀이에 쓸 시간을 구분해야 한다. 아침에는 책에서 배우고, 저녁에는 친구에게서 배워라.

공부나 일, 인생 선배와의 교류는 아침 시간을 이용하는 것이 좋다. 오전 시간을 이렇게 활용하다 보면 지식이 많이 쌓일 것이며, 네 인생에 많은 도움이 될 것이다.

저녁식사 시간 이후에는 휴식과 함께 본격적인 놀이 시

간을 활용해라. 시험과 같은 중요한 일이 없다면 네 시간으로 만드는 것이 좋다. 친구들과 카드놀이를 하거나 가벼운 게임을 하는 것도 권장할 만하다. 좋은 친구들이라면 놀이 때문에 다투는 일은 없을 것이다.

저녁은 연극이나 음악회에 가기 좋은 시간이기도 하다. 식사와 함께 춤, 잡담이 어우러지면 아주 행복한 시간이 될 것이다.

매력적인 여성에게 윙크를 보내는 것도 놀이의 방법이 될 수 있다. 상대가 반응을 보이는지 여부는 네가 하기 나름이다. 아마도 좋은 결과가 있을 것이다. 다만 네 위엄을 떨어뜨리고 너의 장점을 저하시키는 여성은 피해야 할 것이다.

이런 것들은 열심히 일한 후 보상 받을 수 있는 진정한 놀이라고 볼 수 있다. 저녁시간의 이런 놀이들은 네가 세상의 일들을 조금씩 깨우쳐 나가는 데 큰 도움이 될 것이다. 또한 이런 일을 경험하기 위해서는 일과 공부만큼이나 많은 시간과 노력이 필요할 것이다.

이처럼 오전에는 공부와 일로, 저녁에는 놀이로 시간을

분배해 활용하면 어느 순간 너는 훌륭한 사회인으로 성장
해 있을 것으로 믿는다.

나도 너처럼 젊었을 때는 많은 사람들과 만나고 그들과
좋은 놀이를 즐겼다. 놀이에 쏟아 부은 시간과 노력만큼은
누구에게도 뒤지지 않을 자신이 있다.

그러면서도 공부는 절대 게을리하지 않았다. 공부 시간
은 꼭 지켰고 놀이 시간이 모자랄 때는 잠을 줄였다. 또 전
날 아무리 늦게 잠들었어도 아침에는 일찍 일어나 공부 시
간을 맞췄다. 이런 규칙적인 생활이 40년이 넘게 이어져
왔다.

네게 내가 했던 만큼의 노력을 요구할 생각은 없다. 다
만 공부와 놀이의 중요성을 알려주려는 것이다. 가장 친한
친구의 조언으로 받아들여 준다면 고맙겠다.

만일 당신의 인생이 만족할 만한 것이라면
당신의 인생은 영원한 것이다.

－세네카－

절제하지 못하면 방탕해질 수 있다

책을 읽는 시간은
길면 길수록 이득이 될 것이다.

나는 즐거움을 꺼려하는 금욕주의자도 아니고, 쾌락에 빠질 것을 경계하는 성직자도 아니다. 오히려 나는 네가 마음껏 놀기를 바라고 있다. 네 나이에는 노는 모습이 잘 어울리는 것도 사실이다.

하지만 경험이 짧기 때문에 놀이를 선택하는 데 신중해야 한다. 또 놀이는 젊은 날 인생의 암초와 같은 위험을 내

포하고 있음을 알아야 한다. 놀이에 빠져 허우적거리다 정신이 들면 이미 인생에서 목표한 곳과는 멀리 떨어져 있는 자신을 발견하게 된다. 결국 성공했을 때 느낄 수 있는 즐거움은 맛보지 못하게 될 것이다.

따라서 무절제하게 놀기보다는 목표를 향해 몰입하면서 여가시간을 즐길 수 있는 놀이를 찾는 것이 중요하다.

젊은 날에는 자신이 원하는 것이 무엇인지 모른 채 겉멋이 들어 놀이에 빠져드는 경우가 있다. 술이 그렇고, 도박이나 여색을 탐하는 것이 그렇다.

놀이에 대해 진지하게 생각해보지도 않고 남들이 하니까 따라 하는 식의 이런 놀이들은 네게 도움이 되지 않는다. 특히 방탕하다고 여겨질 만큼 무절제한 놀이가 놀이의 완성인 양 착각하는 것은 심신의 건강을 해치기 때문에 주의해야 한다.

요즘 놀기 좋아하는 사람이 젊은이들에게 인기를 얻고 있다. 많은 젊은이들이 한때의 방황은 있을 수 있는 일이라며 놀이에만 몰두하고 있다. 그리고 마침내 항로를 이탈하게 된다.

내가 아는 한 젊은이는 몰리에르 원작의 연극 '몰락한 방탕아'를 보고 주인공에게 매료됐다. 그래서 그도 주인공과 마찬가지로 방탕하게 살기로 했다. 친구들은 실제로 방탕하게 되기보다는 흉내만 내는 것이 좋다고 충고했으나 그는 친구들의 조언을 무시하고 위험한 길을 택했다.

이즈음에서 너도 네가 하는 놀이들에 대해 고민해보는 것이 좋겠다. 그 놀이가 앞으로의 인생에 영향을 미치지는 않을지 곰곰이 생각하지 않으면 안 된다. 그러면 그 놀이를 계속 해도 좋을지에 대한 판단이 내려질 것이다.

내가 다시 네 나이로 돌아갈 수 있다면 겉멋에 들어 하는 놀이가 아니라 진정한 즐거움을 찾을 수 있는 놀이들을 마음껏 맛보고 싶다. 친한 친구와 밥을 먹으면서 포도주를 한 잔 마시는 것은 정말 기쁠 것 같다. 그러나 취하도록 많이 마시거나 지나친 과식은 하지 않을 것이다.

친구들과 즐기는 카드놀이도 좋을 것 같다. 적은 돈을 걸고 즐기는 카드놀이는 친구들과 관계를 돈독히 해줄 것이다. 그러나 너무 많은 돈을 걸고 하는 도박은 사양하겠다. 이기거나 졌을 때 아무 상관없는 정도의 적은 돈이라야 할 것이다.

책을 읽는 시간은 길면 길수록 이득이 될 것이다. 또 식견 있는 사람과의 만남도 자주 가져야겠다. 사교계의 사람들과 친해두는 것도 좋을 것 같다. 그들은 나에게 사람들 사이에서 행동하는 방법을 가르쳐줄 것이다.

아마 이런 놀이들이 진정한 즐거움을 줄 수 있지 않을까 싶다. 또 장기적으로 나의 인생 목표에 접근하는 데도 큰 방해를 주지 않을 것이다. 네 나이에는 다른 사람들을 의식하면서 살 필요는 없다. 다만 어떤 면에서나 건강을 해치는 일은 조심해야 한다.

진정한 즐거움을 아는 사람은 도박으로 몸을 상하는 일이 없다. 큰돈을 걸고 하는 도박은 자칫 다른 사람과의 싸움으로 이어지기도 한다.

또한 진정한 즐거움을 아는 사람은 난잡한 생활로 성병에 걸려 어려움을 겪지도, 방탕한 생활로 자신을 잃어가지도 않을 것이다. 술에 취해 비틀거리는 일도 없을 것이다. 품행이 좋지 않은 일을 드러내놓고 자랑하는 일은 꿈에라도 생각하지 않을 것이다.

　놀이를 하더라도 이런 것들에 주의하지 않으면 좋은 친구를 많이 잃게 될 가능성이 높다. 방탕한 사람을 친구로 받아들이는 것은 쉽지 않은 일이다.

　훌륭한 놀이를 알고 있는 사람은 위엄을 잃는 일이 없다. 겉멋이 들어 남을 흉내내는 일은 더더욱 없을 것이며, 나쁜 평가를 받는 일을 삼갈 것이다.

길을 가다가 돌이 나타나면 약자는 그것을 걸림돌이라 말하고,
강자는 그것을 디딤돌이라고 말한다.

-토머스 칼라일-

시작했으면 빠져들어라

한 가지 일을 할 때는
다른 일은 생각하지 않고 몰두해야 한다.

얼마 전 하트 씨가 편지를 보내왔다.

하트 씨는 너의 공부하는 모습을 자세히 적어 보냈다.
네 공부하는 자세가 바르고 이해력뿐만 아니라 응용력도
좋아졌다고 칭찬하더구나.

네가 잘하고 있다는 칭찬에 나는 무척 기뻤다. 내 기쁨
을 짐작할 수 있을지 모르겠다. 너의 실력이 그렇게 좋아졌

다면 앞으로 공부하는 즐거움이 더 커질 것이라 믿는다. 공부에 노력을 더 기울이는 만큼 공부하는 즐거움도 커지게 마련이다.

또 공부하는 한편으로 너 스스로 너의 성취에 만족하고 있기를 바란다. 만족과 자부심이 스스로의 발전에 크게 도움을 줄 것이라고 생각한다. 성취감이야말로 공부에 대한 욕구를 불러일으키는 큰 원동력이 되기 때문이다.

공부를 할 때는 공부에만 몰두하는 것이 중요하다. 다른 어떤 것도 끼어들어서는 안 된다.

이것은 공부할 때는 물론이고 놀이를 할 때도 마찬가지다. 그런 점에서 네가 공부를 하지 않는 시간에는 열심히 놀이를 즐길 수 있는 사람이었으면 하는 바람이다.

이렇게 여러 면에서 열심히 하는 사람만이 성공에 보다 가깝게 갈 수 있다. 다만 한 가지 일을 할 때는 다른 일은 생각하지 않고 몰두해야 한다.

반면 어느 하나도 열심히 하지 못하는 사람은 어느 한 쪽에서도 만족감을 얻기 어려울 것이다. 어느 한 가지 일에 몰두하지 못하거나 잡다한 일에 정신이 팔려 그 일을 머리에서 지우지 못하는 사람은 다른 일도 손에 잡히지 않는 것이 당연하다. 이런 사람은 열심히 노는 것도 쉽지 않을 것이다.

네가 파티에 갔을 때 머릿속에서는 수학 문제를 풀기 위해 집중하고 있다고 생각해보아라. 너는 파티가 조금도 즐겁지 않을 것이다. 또 모인 사람들 사이에서 네가 있어야 할 이유를 찾기도 어렵게 되고 말 것이다.

반대로 수학 숙제를 하고 있는데 머릿속에서 자꾸 친구들과 어울려 있는 생각을 하는 것도 마찬가지다. 수학 공부가 제대로 될 리 만무하다.

하루 종일 바쁘게 지냈는데도 저녁 잠자리에 들기 전 생각해보면 아무것도 한 일이 없다고 느끼는 사람들이 주변에 많이 있다. 이런 사람들은 책을 읽어도 다른 생각으로 머릿속이 가득 차 있어서 그저 눈으로 활자를 읽고 있는 경우가 많다. 이렇게 책을 읽으면 책을 덮고 나서 무슨 내용을 읽었는지 하나도 기억할 수 없다. 읽은 내용을 가지고 토론을 한다는 것은 더더욱 어려운 일이다.

사람들과 만나서 대화하는 것도 마찬가지다. 그 자리와

관계가 없는 사람이거나 다른 일에 정신이 팔려 있다면 대화에 적극적으로 나서지 않게 될 것이다. 또 대화에 적극적이지 않다 보면 상대편에 대해 주의 깊게 살피지도 않고 대화 내용도 정확히 파악하지 못하게 될 가능성이 높다. 때로 이런 태도는 다른 사람을 무시하는 것처럼 보일 수도 있다.

그런 사람들은

"이 일에 대해 어떻게 생각해?"라고 물으면,

"뭐라고? 잘 못 들었어."라며 흐트러진 모습을 보이곤 한다.

또는

"미안한데 내가 중요한 일이 있어서."라고 하며 적당히 변명하기도 한다.

이런 사람들은 연극을 볼 때도 연극에 몰두하는 대신 같이 간 일행의 표정을 살피거나 조명에 관심을 갖기도 한다.

너는 이런 사람들처럼 행동하지 않았으면 좋겠구나. 공부할 때 읽고 있는 책에 주의를 집중하는 것과 마찬가지로 사람들을 만날 때도 집중하는 모습을 보여주는 것이 좋다.

사람들과 대화할 때는 보는 것, 듣는 것에 모두 주의를 기울여야 한다. 앞에 언급한 주의가 산만한 사람들처럼 다른 사람들이 질문한 것에 대해 "다른 생각을 하다 주의 깊게 듣지 못해서….."라고 변명해서는 안 된다.

지금의 대화보다 다른 중요한 일이 있다면 그곳에 있어서는 안 되었다. 이런 사람들 대부분은 다른 생각을 했던 것이 아니라 모든 일에 주의가 산만하고 집중하지 못하기 때문이다.

이처럼 주의가 산만한 사람들은 놀이에서도 집중하지 않는 모습을 보여준다. 노는 사람과 함께 있으면 노는 것일 뿐이다. 반대로 일을 하고 있으면 왜 하는지 생각해보지도 않고 그저 눈앞에 놓여 있는 일을 해나갈 것이다.

다시 강조하지만 너는 무슨 일이든 집중해서 하지 않으면 안 된다. 하는 둥 마는 둥 하려면 하지 않는 것이 차라리 낫다.

모든 일은 할 가치가 있거나 없거나 두 가지 중 하나에 속한다. 그 중간에 있는 일은 없다. 따라서 일단 하겠다고 결심했으면 그 일에 몰두해라. 눈과 귀를 집중해서 들은 말과 눈앞에서 일어난 일을 놓치지 않겠다는 자세를 가져야 한다.

호라티우스를 읽고 있을 때는 그 기록이 맞는지를 생각하면서 읽어야 할 것이다. 또 시의 아름다운 표현을 마음으로 느껴야 한다. 책을 읽으면서 머릿속으로 다른 작품을 떠올리거나 다른 놀이를 생각하는 것은 방해가 된다. 책을 읽고 있을 때 생 제르맹 부인을 생각하는 것도 좋지 않지만 생 제르맹 부인과 대화하는 동안 책의 내용을 떠올리는 것도 자연스럽지 않은 일이다.

물론 하루 동안에는 마음만 먹으면 여러 가지 일을 할 수 있다. 시간만 적절히 배분한다면 말이다. 그러나 한 번에 두 가지 일을 하다 보면 1년이 지나도 한 가지 일조차 제대로 할 수 없을지도 모른다.

전에 법률고문이었던 위트 씨는 중요한 업무를 도맡아 처리하면서도 저녁 식사 모임에는 꼭 참석하는 성의를 보여줬다. 물론 식사시간은 충분하다는 말도 잊지 않았다.

어떻게 그 짧은 시간에 그토록 많은 일을 처리할 수 있는지 물으면 그는 이렇게 대답하곤 했다.

"그리 어려운 일은 아닙니다. 한 번에 한 가지 일을 하는 것이 중요합니다. 특히 오늘 할 일은 절대 내일로 미루지 않는답니다. 이게 내가 대답할 수 있는 전부요.”

위트 씨는 다른 일에 정신을 팔지 않고 한 가지 일에 몰두함으로써 일에 대한 능력을 인정받는 것은 물론 인간관계도 소홀히 하지 않는 능력을 보여준 것이다. 이런 생활 태도는 대단한 것이 틀림없다. 나는 그가 천재성을 가졌다는 것을 의심하지 않는다.

그렇다면 반대의 경우에는 어떻겠니? 한 가지 일에 몰두하지 못하고 걸핏하면 다른 일에 정신이 팔려 있는 사람은 품위와 능력을 제대로 인정받기 어려울 것이다.

가치 있는 것에 투자하라

현명한 사람은 자신의 위엄을
허물어뜨리는 데 돈을 쓰지 않는다.

이제 네게 보내는 생활비와 용돈에 대해 말할 때가 된 것 같다. 네가 어느 정도 컸으니 말이다. 너도 이제 돈의 지출에 대해 현명한 판단이 필요하다.

너는 학업에 필요한 돈이나 사람과의 관계를 유지하기 위해 소요되는 돈은 단 한 푼도 아까워할 필요가 없다. 그러나 싸움으로 빚어지는 비용과 단지 시간을 보내기 위한

용도의 돈은 네게 보내주지 않을 생각이다.

학업에 필요한 돈은 책을 사거나 좋은 선생에게 교육을 받기 위해 필요한 돈이다. 또 좋은 사람들과 친분을 쌓기 위해서는 며칠 동안의 여행과 함께 숙박비, 교통비와 의복도 필요할 것이다.

다른 사람과 관계를 유지하기 위해서는 이 밖에도 많은 비용이 들어갈 것이다. 도움을 받았던 사람 또는 앞으로 도움을 받을 수 있는 사람들에게 줄 선물도 중요하다. 만나는 사람에 따라서는 연극이나 영화를 보는 데 돈이 들어갈 수도 있고, 게임과 놀이를 통해서도 사람과 친해질 수 있을 것이다. 이렇게 사용되는 돈은 마땅히 네게 보내줄 수 있다.

현명한 사람은 자신의 위엄을 허물어뜨리는 데 돈을 쓰지 않는다. 즉 자신에게 도움이 되지 않는 일에는 돈을 쓰지 않는다는 말이다.

돈 못지않게 중요한 것이 시간이다. 현명한 사람은 시간 또한 아무렇게나 낭비하지 않는다.

자신에게 도움이 되는 일에 시간을 내는 사람이 현명한

사람이다.

현명한 사람은 그래서 1원의 돈도, 1분의 시간도 쉽게 낭비하지 않는다. 돈과 시간을 자신 또는 다른 사람과의 친분을 위해 꼭 필요한 것에 쓰거나 지식을 쌓는 데 사용하는 것이다.

그러나 어리석은 사람은 현명한 사람과 돈과 시간의 소비형태에서 크게 다르다. 이들은 필요치 않은 곳에도 쉽게 돈과 시간을 낭비한다.

상점 안에 보이는 시계, 담배 같은 시시한 물건에 관심을 가지다 보면 어느새 물건들이 사람의 마음을 혼란스럽게 한다. 따라서 파멸에 이르는 지름길이 될 수도 있다. 상점 주인에게는 어리석은 사람의 관심이 곧 자신들의 이득이 될 수 있다. 그래서 자신들의 이익을 위해서 사람들을 곧잘 유혹한다.

이렇게 유혹에 끌려다니다 보면 주위에는 책과 이로운 물건 대신 필요하지 않은 잡동사니가 가득하게 될 것이다. 또 자신에게 필요한 물건을 살 수 있는 재원마저 모두 소진하게 되고 말 것이다.

　현명한 사람은 세상을 있는 그대로 본다. 반면 어리석은 사람은 마치 현미경으로 들여다보는 것처럼 모든 것을 크게 보기 마련이다. 심지어는 벼룩이 코끼리처럼 크게 보일 수도 있다. 조그만 것이 크게 보이는 것은 문제가 안 될 수도 있지만, 보이는 것이 너무 크게 확대되어 볼 수 없게 되는 것은 큰 문제이다. 얼마 되지 않는 돈 때문에 인색하게 굴고 그것으로 인간관계까지 망치는 것은 최악의 경우라 할 수 있다. 이렇게 되면 수전노라는 불명예를 떠안아야 된다. 정작 자신은 그렇게 불리는 것을 알지 못할 수도 있다. 이런 사람은 자신에 대해서도 인색하기 때문에 끝내 자신의 주변에 있는 소중한 것을 깨닫지 못하고 만다.

　돈은 아무리 많아도 철학을 가지고 사용해야 한다. 그렇지 않으면 정작 필요할 때 모자람을 채울 수 없다. 반대로 아주 적은 돈이라도 철학을 가지고 쓴다면 꼭 필요한 곳에 최소한의 필요한 물건을 사는 데 쓸 수 있을 것이다.

　돈을 사용할 때는 가능하다면 현금으로 지불하는 것이 좋다. 대리인을 통할 때나 외상을 할 때는 사례금이나 수수료가 나가기 때문이다. 어쩔 수 없이 외상을 할 때도 원금이나 이자를 가능하면 직접 지불하는 것이 좋다.

또 필요하지도 않은 물건을 값이 싸다는 이유로 구입하는 것은 삼가야 한다. 그것은 절약이 아니라 낭비에 가깝다. 허영심을 채우기 위해 비싼 물건을 사는 일도 좋은 자세가 아니다.

돈을 쓰고 나서는 네가 산 것 또는 대금을 지불한 것을 꼼꼼히 적어 두어라. 입출금 내역을 알고 있으면 파산하는 일은 없을 것이다. 돈을 사용한 것에서부터 모든 가치가 있는 일에는 몰두할 필요가 있다. 그렇지만 교통비나 연극을 보기 위해 사용한 적은 금액까지 기록할 것까지는 없다. 그것은 수전노들이나 하는 행위로, 쓸데없는 행동이다. 오히려 시간을 낭비하는 효과를 가져올 뿐이다.

자기 자신에게 맞는 '분수'라는 것이 있다. 건전한 정신을 가진 사람은 어디까지를 내가 해야 하는지, 어디부터는 내가 하지 말아야 할지 알고 있다. 이런 사람들은 그 경계가 불분명할 때도 결국 그 절충점을 찾아낸다. 반면 어리석은 사람은 그 경계를 찾아내기가 쉽지 않다. 너는 해야 할 일과 하지 말아야 할 일에 대한 경계를 잘 찾아낼 수 있을 것이라 생각한다. 그러나 능숙하게 될 때까지는 그 경계에서 조심스럽게 행동해야 한다. 가끔은 하트 씨에게 부탁해서 도움을 받아라.

자신의 능력과 자신의 한계를 명확히 알고 있는 사람은 많지 않다. 자신에게 주어진 여건에서 최대한의 능력을 발휘하는 사람은 그래서 더욱 훌륭하다.

사람이 넘어지는 것은 불명예가 아니다.
그가 넘어졌을 때 그대로 누워서 원망하는 것이 바로 불명예이다.
-조쉬 빌링스-

실천하지 않는 것은 게으르기 때문이다

조금 더 노력하지 않고 포기해버리는 것은
무지를 택하는 것과 마찬가지 결과를 낳는다.

잘 알겠지만 너에 대한 나의 사랑은 네 어머니의 감정적 사랑과 다소 차이가 있다. 아버지는 너그러움에 앞서 아들의 결점을 지적하고, 그 결점을 고칠 수 있도록 해야 한다. 그것은 내 책임이기도 하다. 내가 그 책임을 다하는 데 있어 지적 받은 점을 고치려고 노력하는 것은 너의 의무라고 생각한다.

오늘은 게으름에 대해서 말하려고 한다. 나는 너의 성격이나 재능에서 큰 문제를 발견하지 못했다. 그것에 대해 나는 네게 감사한다. 반면 네가 조금 게으르고 산만한 데다 주위에 무관심한 것 같아 신경이 쓰이는구나. 젊은이에게 결코 있어서는 안 될 것이 게으름이다. 젊은이는 남보다 앞서 나가고, 남보다 뛰어나기 위해 부단한 노력을 기울이지 않으면 안 된다. 로마의 시저는 "뛰어난 행동이 아니면 행동이라고 말할 수 없다."고 했다. 야망을 가지고 끈기 있게 부딪혀라.

네게는 젊은이가 갖춰야 할 야망과 활력이 모자란 것 같다. 네가 노인이라면 그리 문제될 것이 없다. 육체적 또는 정신적으로 지친 노인, 인생의 황금기를 지나 황혼기에 접어든 노인이 안락한 노후생활을 꿈꾸는 것은 당연한지도 모른다. 그러나 너는 젊다. 활력 있는 사람만이 주위 사람들을 즐겁게 해줄 수 있다. 또 활력은 성공하겠다는 야망과 용기를 불러일으킨다.

지식과 경험을 쌓아 성공으로 이르는 길에는 크고 작은 어려움이 따르기 마련이다. 많은 사람들이 어려운 일을 만나면 귀찮아 하다가 끝내 체념하고 포기해버린다. 게으른 사람은 수박 겉핥기식으로 겉으로 얻는 지식을 얻는 데 만족한다. 즉, 조금 더 노력하지 않고 포기해버리는 것은 무지를 택하는 것과 마찬가지 결과를 낳는다. 이런 사람들은 어떤 일에 맞닥뜨리면쉽게 체념하고 만다. 하지만 이는 자기의 게으름을 변명하는 것에 불과하다. 막상 부딪혀보면 실제로 불가능할 만큼 어려운 일은 그리 많지 않다.

게으른 사람에게는 단 한 시간을 집중하는 것도 고통스러운 일이다. 때문에 어떤 일을 할 때 깊이 생각하기보다는 쉽게 받아들여 처리한다. 이런 사람은 식견과 집중력을 갖춘 사람과의 대화에서 중심을 잡지 못하기 마련으로, 게으름과 함께 무지를 드러내게 된다.

너는 일을 끈기 있게 마무리하는 자세를 몸에 익혀야 한다. 처음에는 어렵고 귀찮더라도 바로 포기하거나 좌절해서는 안 된다. 더더욱 노력해서 밀고 나가는 것이 중요하다. 무엇을 해야 하는지 알고 있으면서도 하지 않는 것은 게으르기 때문이다. 존경받는 사람은 그만한 노력이 있기 때문이다. 다른 사람들을 기쁘게 하려고 노력하지 않으면 주위 사람들은 결코 기뻐하지 않는 것과 마찬가지다.

지식을 쌓는 것은 사회 구성원으로서의 역할을 가능하게 하는 것이다. 최선을 다하면 사람은 누구나 자기가 가고자 하는 길을 열 수 있다. 천재가 아니더라도 일반적인 재능을 가진 사람이라면 꾸준한 능력을 개발하고, 지식을 쌓아 성공에 이를 수 있다.

너는 곧 사회의 일원이 될 것이다. 사회는 끊임없이 변화하고 요동친다. 그곳에 나가기 위해서는 지금부터 준비해야 할 일이 많다. 세계 각국의 정치, 경제, 역사, 관습 등에 대해 배워두어야 한다. 또 너는 그 나라의 군사, 법률에 대해서도 알아야 한다. 물론 어학, 역사, 지리, 철학, 논리학 등은 누구나 공부해야 하는 과목이므로 더 말할 필요도 없다.

또한 지식 중에는 항해기술처럼 어떤 사람에게는 중요하지만 다른 사람에게는 덜 중요한 것도 있다. 그렇다고 그러한 지식을 완전히 소홀히 해서는 안 된다. 이런 분야에 대해서는 전문 지식이 아니라 적당히 대화를 나눌 수 있을 만큼의 공부로도 충분하다.

이처럼 많은 분야를 공부하는 것은 결코 쉬운 일이 아니다. 많은 노력을 기울여야 네 지식으로 만들 수 있다. 그렇다고 해서 이러한 것들이 '할 수 없다'고 말할 만큼 어려운 것은 아니다. 보통의 재능을 가진 사람이면 누구나 익힐 수 있는 것들이다. 하나하나 공부하다 보면 어느 순간 그 모든 것들이 네게 익숙해져 있을 것이다. 이런 것들이 네게 큰 재산이 될 것이다. 내가 하고 싶은 말은, 결코 '할 수 없다'는 말을 쉽게 하지 말라는 것이다. 그런 말은 어리석고 게으른 사람들이 쉽게 내뱉는 말이다. 또 변명일 뿐이다. 정신적으로나 육체적으로나 할 수 없는 일은 없다. '할 수 없다'는 말은 '나는 게으르다'라는 말과 마찬가지일 뿐이다.

나는 '칼을 옆에 찬 채로 밥을 먹을 수 없다'며 식사 때마다 칼을 풀어두는 사람을 안다. 그는 칼을 어떻게 사용하는지 모르는 사람이다. 나는 그가 밥을 먹을 때 칼을 풀어두는 것에 대해 '그가 식사 때만은 위험을 느끼지 않는구나' 하고 생각할 따름이다.

이 시간 대부분의 다른 사람들이 하고 있는 일을 '할 수 없다'고 말하는 것은 이해할 수 없는 노릇이다.

무엇이든 그때그때 하나에 집중하라

중요한 일에 집중력을 발휘하지 못하면
성공할 수도 없고
대화상대로 받아들여지기도 어렵다.

많은 사람들이 무엇이 중요하고 무엇이 중요하지 않은 지 구분 짓지 않고 세상을 살아간다. 때문에 사소한 일에 상처를 받고 고민하고, 중요한 일에 써야 할 시간을 쉽게 낭비하기 일쑤다. 반대로 중요한 일은 쉽게 간과하거나 잊어버리곤 한다.

이러한 사람들은 언제나 바빠하지만 내면을 들여다보면

허실이 분명치 않다. 누군가를 평가할 때 그의 인격을 평가하기보다는 그의 옷차림과 얼굴에 관심을 먼저 갖는다. 영화를 볼 때면 줄거리를 이해하지 못하고 화려한 배경에 온통 정신을 빼앗긴다. 정치도 마찬가지다. 정책을 검토하기보다는 곁가지 요소들에 좌우되고 만다. 이런 사람에게는 발전을 기대하기 어려울 것이다.

집중력이 떨어지는 사람을 우리는 주의가 산만하다고 말한다. 산만한 사람과 함께 하는 것은 그리 유쾌한 일이 아니다. 그것은 다른 사람을 무시하는 것과 다르지 않다. 어떤 사람이 산만해졌을 때는 예의에 어긋나는 행동으로 옆에 있는 사람을 불쾌하게 하기도 한다.

조금 전까지 우리를 유쾌하게 하던 사람이 갑자기 겉돌 때가 있다. 나를 대하는 태도가 달라지고 주제에서 벗어난 이야기로 분위기를 어색하게 만들기도 한다. 그는 십중팔구 집중력이 떨어졌음이 분명하다. 더 중요한 다른 어떤 일에 마음을 두고 있는 것이 아니라면 말이다. 그렇다고 하더라고 산만한 데 대한 변명이 될 수는 없다.

영국의 물리학자 뉴턴을 비롯해 인류 역사상 손꼽을 만

한 천재들은 주위 여건에 상관없이 사색할 수 있는 능력이 있었다. 그렇지만 평범한 사람들에게 그러한 능력은 좀처럼 발휘되기 어렵다.

보통 사람이 이들 천재의 흉내를 내서 다른 사람과 함께 하는 동안 사색에 잠겨있다면 그는 산만한 사람으로 여겨지거나 다른 사람을 무시하는 것처럼 오해받기 쉽다. 이처럼 산만하다는 것은 다른 사람에게 호감을 사지 못하기 마련이다.

누구나 자신을 무시하는 행동을 달가워하지 않는다. 대부분의 경우 존경하는 사람, 사랑하는 사람을 앞에 두고서는 다른 일에 정신 팔리는 행동은 하지 않을 것이다. 즉 가치가 있는 사람 앞에서는 집중하는 것이 일반적이다.

그런데 가치가 없는 사람이 있을까? 하지만 주의가 산만하다는 것은 나를 가치가 없는 사람으로 판단하는 것과 같은 결과를 가져다준다. 나는 마음이 다른 곳에 있는 사람과 함께 있는 것보다 차라리 죽은 사람과 같이 있는 편이 낫겠다. 적어도 죽은 사람은 나를 앞에 두고 무시하지도 않을 것이고, 바보 취급도 하지 않을 테니까 말이다.

주의가 산만한 사람은 훌륭한 사람들에 둘러싸여 있으면서도 무엇 하나 배우지 못하고 세월을 보내게 될 것이다. 함께 있는 사람들의 사람됨이나 배울 만한 점을 관찰할 수 없음은 물론이다. 지금 해야 할 일, 중요한 일에 집중력을 발휘하지 못하면 성공할 수도 없고 대화상대로 받아들여지기도 어렵다.

반면 그리 중요해 보이지 않는 일 가운데는 다른 사람들에게 호감과 즐거움을 주는 것들이 있다. 대표적으로 옷차림이나 춤이 그렇다. 춤을 생각해보자. 춤은 젊은이에게 매력적인 것으로, 꼭 필요한 것 중의 하나다. 때문에 춤을 배울 때는 대충 배워서는 안 된다. 진지하고 적극적으로 배우는 것이 좋다. 옷차림도 마찬가지다. 인생에서 어차피 옷을 입지 않고 살기 어렵다면 단정하고 다른 사람에게 호감을 주도록 옷을 입는 것이 여러 모로 도움을 준다.

앞서 말했듯이 성공한 사람이 되기 위해서는 지식과 식견을 쌓고 겸손한 태도를 갖는 것이 중요하다. 또한 춤을 배우고 옷을 입는 것처럼 그리 중요해 보이지 않지만 다른 사람들에게 호감과 즐거움을 주는 것에는 몸에 익숙해지도록 해야 할 것이다.

지식과 마찬가지로 무엇인가 가치가 있는 일에는 관심을 갖고 노력하는 것이 중요하다. 모든 일에 있어서 열정적인 노력만이 성취를 가져온다.

그렇다고 해서 네가 한 가지 일에 너무 집중하는 것을 바라지는 않는다. 너무 깊이 사색에 잠기는 것은 때로는 집착이 되어 위험할 수 있다.

물론 나는 너의 교육에 대해서는 비용을 아끼지 않을 생각이다. 하지만 너를 위해 '주의환기인'을 고용할 생각까지는 없다.

조나단 스위프트의 소설 〈걸리버 여행기〉에 나오는 주의환기인은 알고 있겠지? 걸리버 여행기의 공중섬 '라퓨타'에는 언제나 깊은 사색에 잠겨 있는 철학자들이 나온다. 이들은 주의환기인이 발성기관이나 청각기관에 직접 자극을 주어야만 말을 하거나 들을 수 있다.

이들은 언제나 깊은 사색에 잠겨 있어서 위험한 일이 눈앞에 닥쳐도 눈꺼풀을 가볍게 건드려서 알려주기 전까지는 전혀 알아채지 못한다. 주의환기인이 알려주지 않으면

낭떠러지에서 떨어지거나 기둥에 머리를 부딪칠 수도 있
다. 또 다른 사람과 부딪치거나 지나는 길에 있는 장애물을
걷어차기도 한다.

그래서 이들 철학자들은 주의환기인이 없으면 외출할
수도, 다른 집을 방문할 수도, 산책을 할 수도 없다. 그래서
하인 중 한 사람에게 그 일을 맡기기도 한다.

네가 그렇지 않을 것을 알지만, 나는 네가 주의환기인이
필요할 정도로 집중하지 않기를 당부한다.

웃음은 인간관계의 도로 상에 있는 청신호이다.
그것은 암흑 속을 안내하는 손이요, 폭풍우 속에서 용기를 안겨주는 것이다.
-더글러스 미돌-

무례한 사람은 존중받지 못한다

누군가에게 무시를 받아도 괜찮을 만큼
하찮은 사람은 없단다.

너는 주의환기인이 필요할 정도까지는 아니지만 주위
사람들에게 주의가 산만하다는 느낌을 주더구나. 앞서 말
했다시피 주의가 산만하다는 것은 주위 사람들을 무시하
는 것처럼 오해받기가 쉽다. 실제로 그럴 수도 있다.

세상에는 많은 부류의 사람이 있다. 그중에는 지식이 짧
은 사람이 있는가 하면 태도가 좋지 않은 사람도 있을 것이

다. 이런 사람이 존경받을 자격이 있는지는 나중 문제로 치더라도 그들을 무시해서는 안 된다. 누군가에게 무시를 받아도 괜찮을 만큼 하찮은 사람은 없단다.

마음속으로 싫은 생각이 나더라도 그걸 겉으로 내색해서 다른 사람을 불쾌하게 할 필요는 없다. 그것은 비겁하기보다는 현명한 태도라고 할 수 있다.

사람은 혼자서만 살 수 없는 사회적 동물이다. 언제 누구에게 도움을 받아야 할지 모른다. 그러나 네가 무시했던 사람은 결코 너에게 도움의 손길을 뻗지 않을 것이 분명하다.

사람에게는 자존심이라는 것이 있다. 자존심은 무시당했던 일을 언제까지나 기억나게 한다. 따라서 타인에게 겪은 불이익은 곧잘 용서할 수 있지만 타인에게 받은 모욕은 쉽게 용서하기 어려운 것이다. 따라서 다른 사람을 무시하는 것은 곧 자신에게 이로울 것이 없는 결과를 가져온다.

다른 사람에게 하찮게 취급받는 것은 자신의 약점을 직접적으로 지적 당하는 것과 같다. 약점이라는 것은 자신이 지은 죄 이상으로 숨겨두고 싶은 것 중의 하나다. 그것을 누군가에게 지적 당하는 것은 창피한 일이다.

다른 사람에게 자신의 실수를 인정하고 용서를 구하는 것은 종종 볼 수 있다. 그렇지만 자신의 약점을 쉽게 보여주는 일은 친한 친구 사이에서도 좀처럼 보기 어려운 일이다.

반대로 다른 사람의 실수를 바로잡아 줄 수는 있지만 다른 사람의 무능과 약점을 직접 지적해 모욕을 주는 것도 일상적이지 않다.

어떤 사람이든 자존심 때문에 모욕을 당하면 분노를 느낀다. 이 분노는 쉽게 사그라지지 않는다. 따라서 원수를 만들고 싶지 않다면 상대를 드러내놓고 무시하거나 약점을 건드리는 일은 하지 않는 것이 좋다.

젊은이들 사이에서는 자신의 우월성을 돋보이게 하기 위해, 또는 주변 사람들의 관심을 끌기 위해 다른 사람들의 약점을 드러내기도 하더구나. 이렇게 해서 사람들의 관심을 끌 수 있을지도 모르겠지만 약점이 드러난 상대방은 분노를 느끼고 원한을 갖게 될 것이다. 절대 다른 사람들의 약점과 잘못을 드러내지 마라.

또한 네가 다른 사람들의 약점을 드러낸 데 관심을 보였던 사람들마저 결국은 네가 자신들의 약점마저 걸고넘어지지 않을까 싶어 자연스레 너를 피하게 될 것이다. 이래저래 다른 사람의 약점을 드러내는 것은 네게 전혀 도움이 되지 않는다.

무엇보다 다른 사람의 약점을 들춰내는 것은 신사다운 행동이 아니다. 네가 다른 사람의 관심을 얻고 싶다면, 너의 우월성을 보여주고 싶다면, 다른 사람의 약점을 드러내는 것보다는 다른 사람을 행복하게 하는 편이 백 번 낫다.

인생의 처음 40년 동안을 책에 비유한다면 본문이다.
다음 30년 동안은 주석이 된다.

-쇼펜하우어-

거짓말은 거짓말을 낳는다

인생에 있어 신뢰를 잃는 것보다
더 큰 손실은 없다.

　네 편지 잘 보았다. 로마 가톨릭 교회의 비현실적인 가르침과 그에 순종해 절대적으로 믿고 따르는 신도들을 보고 네가 받았을 충격이 충분히 짐작되는구나. 하지만 너의 판단이 옳다고 하더라도 그 사람들을 비웃거나 괄시해서는 안 된다. 판단을 못하는 사람은 어리석고 불쌍한 사람일 뿐 비웃음을 사거나 비난을 받을 정도의 나쁜 짓을 한 것은 아니다. 따라서 비웃거나 괄시하는 대신 대화를 통해 설득하고 깨우쳐주려는 자세가 필요하다.

네가 어떤 일에 대해서 옳다고 믿고 있는 것처럼 다른 사람들도 자신의 신념을 갖고 살아간다. 자신이 믿는 바에 따라 행동하고, 살아가는 것이다. 한 가지 일에 서로 다른 입장을 가졌다면 둘 다 옳을 수도 있고, 둘 다 그를 수도 있다. 때로는 신만이 답을 가지고 있는 경우도 있다. 따라서 너의 생각과 다르다고 해서 다른 사람을 무시하거나 비웃는 것은 바람직하지 않다. 또 다른 사람의 종교적 신념에 대해 괄시하는 것도 옳은 행동이 아니다. 비난은 거짓말을 한 사람, 즉 사람들을 속인 사람이 받아야 할 것이지 속아서 행동하는 사람까지 받아야 하는 것은 아니다.

그렇지만 거짓말은 어리석은 데다가 큰 죄를 짓는 것임은 분명하다. 이들을 위해 다른 사람을 속이려 할 때나 적대적인 감정을 가졌을 때, 때로는 허영심으로 사람들은 거짓말을 한다. 그러나 거짓말로 이러한 것들을 만족시킬 수는 없다. 거짓은 언젠가 드러나게 마련이기 때문이다.

오히려 거짓말은 자기 자신에게 상처를 줄 수 있다. 거짓말이 잠깐 동안 효과를 보였더라도 결국 그것이 거짓으로 판명됐을 때 비난의 화살은 자신에게 돌아온다. 또 한 번 거짓말을 한 것이 밝혀지면 그 후에는 진실을 말해도 다른 사람들이 쉽게 믿어주지 않게 된다. 인생에 있어 신뢰를 잃는 것보다 더 큰 손실은 없다.

이 때문에 거짓말한 것이 드러날 것이 두려워 더 큰 거짓말을 하는 경우도 있다. 그야말로 거짓말이 더 큰 거짓말을 낳게 되는 것이다. 하지만 그 거짓말까지 드러나면 걷잡을 수 없는 곤경에 처하게 된다. 그 사람은 더는 다른 사람에게 신뢰받지 못하는 것은 물론 인격까지 의심받게 된다.

한순간의 실수로 거짓말을 했다면 숨기기보다는 실수였음을 밝히고 용서를 구하는 것이 옳은 일이다. 또 자신의 도덕성을 해치지 않는 단 하나의 방법이기도 하다.

이 사회는 인간관계가 결정적이다. 이 세상에서 양심과 명예를 지키며 살아가려면 정직해야 한다. 거짓말이나 변명은 결코 통하지 않을 것이다. 어리석은 사람일수록 거짓말을 잘 한다. 나는 어떤 사람의 거짓말에서 그 사람의 지능지수를 점쳐보기도 한단다.

위엄 있는 사람이 존경을 받는다

사교성이 좋은 것 역시 장점이 틀림없지만
그것이 지나치면 아첨이 되거나
다른 사람의 꼭두각시처럼 비춰질 수 있다.

오늘은 사회와 어른들의 이야기를 좀 해야겠다. 인간, 그리고 인간의 성격·태도는 나이가 들어서도 답을 얻기 어려운 명제가 아닌가 싶다. 그래서 젊은이들이 이런 문제에 대해 배운다는 것은 여간 중요한 일이 아니다.

그런데 어른들은 대체로 이런 문제들을 등한시하는 경향이 있어 왔다. 심지어 선생이나 교수들도 마찬가지다. 그들은 자기의 전문 분야를 가르칠 뿐 그 밖의 영역에 대해서는 좀처럼 가르치려 들지 않는다. 사실은 가르칠 수 없다는 게 옳다고 할 수 있겠다.

젊은이를 가르치려 들지 않는 것은 부모도 마찬가지다. 때로는 바쁘다는 핑계로, 가끔은 무관심으로 침묵을 지킨다. 부모 역시 자식을 가르치는 데 한계를 가질 수도 있다. 이런 여러 가지 이유로 젊은이들이 사회의 지혜를 배울 만한 곳이 많지 않다는 것은 불행한 일이다.

이에 대해 어떤 부모들은 자식을 거친 사회에 밀어 넣고 그 곳에서 스스로 살아가는 방법을 터득하도록 하는 것이 최상의 교육이라고 주장하기도 한다. 어떤 면에서 이 방법은 좋은 교육 모델이 될 수 있다. 이론적인 교육으로 세상 일을 모두 알려줄 수는 없기 때문이다.

그렇다고 하더라도 아무런 준비 없이 세상에 던져진다는 것은 많은 위험성을 내포하고 있다. 가능하다면 부모나 선생이 최소한의 세상 지도를 그려주어서 조금이나마 시행착오를 줄여주는 것이 좋을 것이다.

본격적으로 삶의 태도에 대해서 이야기해보자.

남들로부터 존경을 받기 위해서는 어느 정도의 위엄이 있어야 한다. 큰 소리로 얘기하거나 우스꽝스런 행동을 하는 것은 물론이거니와 다른 사람을 무작정 따르는 것도 위엄과는 거리가 먼 행동이다. 위엄이 없는 사람은 풍부한 지식과 훌륭한 인품을 가지고 있음에도 불구하고 존경까지 받을 수는 없다.

유쾌하게 삶을 살아가는 것은 장점일 수 있지만 쾌활한 성격 때문에 존경받을 수 있는 것은 아니다. 나는 쾌활하다는 이유로 존경받는 사람을 단 한 번도 본 적이 없다.

농담 또한 마찬가지다. 농담이 때로는 재치 있게 사용될 수도 있지만 어떤 상황에서든 농담으로 무마하려는 것은 결코 옳은 행동이 아니다. 농담이 곧 재치는 아니란다.

사교성이 좋은 것 역시 장점이 틀림없지만 그것이 지나치면 아첨이 되거나 다른 사람의 꼭두각시처럼 비춰질 수 있다. 가끔은 상대하고 싶지 않은 사람마저 상대해야 하는 난처함을 겪을 수도 있다. 누군가가 다른 사람을 두고 '저 사람은 노래를 잘한다' '춤을 잘 춘다' '유머가 풍부하다' 고 함축해 평가한다. 그러나 이러한 평가가 칭찬이라고 할 수만은 없다. 놀리는 것은 아니라고 하더라도 그 사람의 인격이나 품위를 인정하고, 존경하는 것 또한 아니기 때문이다. 따라서 어느 한 가지로 평가받는 사람은 나머지 가치에 대해서는 제대로 평가받지 못하게 되고 만다. 결국 자신의 위엄 있는 행동만이 자신의 가치를 높여주게 될 것이다.

이제 위엄 있는 행동에 대해 말할 때가 되었다. 위엄 있는 행동은 거만한 행동과는 전혀 다르다. 오히려 거만한 행동은 위엄을 떨어뜨리는 결과를 낳을 수도 있다. 거만한 행동은 또 다른 사람의 자존심을 상하게 할 수 있다.

반면 위엄 있는 자세는 자신의 의견을 겸손하고 정확하게 표현하는 것이다. 한편으로는 다른 사람들의 의견을 경청하고 잘 이해하는 태도라고 할 수 있다. 또 위엄은 얼굴 표정이나 행동 하나하나에서 묻어 나오는 것이다.

따라서 약한 사람은 절대로 위엄 있는 사람으로 평가받지 못한다. 하지만 약한 사람도 예의 있게 행동하면 위엄이 있어 보일 수도 있을지 모르겠다.

어찌되었든 이미 얘기했던 우스꽝스런 행동, 지나친 아첨, 실없는 웃음은 가벼운 느낌을 주어 위엄과 거리가 멀어질 수밖에 없다.

위엄은 이를테면 이런 것이다. 말도 되지 않는 비싼 가격으로 물건을 파는 상인에게 어떻게든 물건값을 깎으려 할 것이다. 반면 물건의 가격이 적정하다고 판단되면 그 상인에게 정직함이 묻어 나올 것이고, 믿음을 갖게 될 것이다. 위엄에 대해 더 자세히 알고 싶다면 키케로의 〈안내서 Offices〉나 〈예의범절 편람 The Decorum〉을 열심히 읽어보기 바란다. 이 책들은 위엄을 갖기 위한 좋은 방법들을 자세히 소개하고 있다.

흐르는 물이 지나치게 맑으면 물고기가 살지 않고,
사람도 지나치게 영리하면 친구가 생기지 않는다.

-가어-

역사를 볼 때는 다양한 시각을 가져라

역사책은 참고로 삼는 것이지
역사적 사실을 판단하는 잣대는 아니다.

프랑스 역사를 보는 너의 눈은 정확하더구나. 놀랍고 기쁜 일이다. 네가 책을 읽을 때 그냥 읽는 것이 아니라 내용까지 깊이 있게 분석하고 있는 것을 알 수 있었다.

사람들은 책을 읽을 때 내용을 이해하지 못한 채 보여지는 사실을 머릿속에 넣어두는 경우가 많다. 그러나 그렇게 얻은 정보는 잡동사니가 많다. 그 정보들은 머릿속에 어지럽게 흩어져 있어 정작 필요할 때는 무용지물이 되고 만다.

따라서 책을 읽을 때는 저자의 명성만을 믿고 섣불리 받아들이기보다는 저자의 시각과 내용의 정확성을 판단하는 한편 사실과 전후관계에 대한 정확한 이해가 있어야 한다.

특히 역사적 사실의 경우에는 여러 권의 책을 읽고, 그 책의 내용들을 종합해 자신의 정보로 만드는 노력이 필요하다. 이것이 역사를 공부하는 자세다.

그렇지만 네가 역사책에서 새로운 진실을 얻기 위한 노력까지 해야 하는지에 대해서는 회의적이다. 역사적 진실을 정확히 밝혀내는 것은 어려운 작업이기 때문이다. 역사적인 사건의 의미와 선악은 보통 사건이 일어난 동기를 보고 판단하게 된다. 그렇지만 역사책에 있는 사건의 동기는 그대로 믿기 어려운 부분이 있다. 그 사건과 관련된 인물의 상황과 이해관계, 저자의 시각이 녹아 있기 때문이다.

따라서 저자의 시각이 옳은지는 물론이고 역사적 인물의 행동에 다른 이유는 없는지 스스로 판단하기 위해 노력해야 한다.

특히 사람은 복잡하고 모순이 많은 동물이다. 어떤 일관성을 갖고 행동하는 것도 있지만 때로는 시시각각 변하는 감정에 따라 행동하기 마련이다.

훌륭한 사람에게도 결점이 없을 수 없고, 대단하지 않은 사람에게서도 훌륭한 면모를 읽을 수 있다. 정말 세상에 필요하지 않을 것 같은 하찮은 사람에게도 조그만 장점이 있고, 또 그 장점을 살려 역사적인 일을 이뤄낸 경우도 없지 않다. 사람은 그러한 존재다.

따라서 역사적 인과관계를 파악할 때 비굴하거나 사소한 동기라고 해서 무시해버리는 일이 있어서는 안 된다. 그러나 대부분의 경우 우리는 숭고한 이유에서 인과관계를 규명하는데 익숙하다.

개혁적인 면이 부각돼 있는 루터의 종교개혁조차도 그 원인은 루터의 금전욕이 좌절당한 데 있다. 그럼에도 불구하고 말하기 좋아하는 역사학자들은 역사적 사건 외에 평범한 일상까지 정치적 동기를 적용시키곤 한다. 이러한 일은 참으로 아이러니다.

다시 말하지만 인간은 언제나 고상한 동기에 의해 행동하는 것은 아니다. 현명한 사람이 극단적인 행동을 하기도 하고, 어리석은 사람이 숭고한 일을 하기도 한다. 또 그날의 기분, 정신상태에 따라 행동이 달리 나타나기도 한다.

소화가 잘 되는 음식을 먹고, 충분한 잠을 자고, 맑은 아침을 맞은 누군가가 영웅적인 행동을 했다고 치자. 이 사람이 다른 어느 날 소화가 잘 안 되는 음식을 먹고, 잠을 제대로 이루지 못한 가운데 다음 날 비마저 내린다면 감정의 기복으로 전혀 다른 면모를 보일 수 있다. 따라서 역사적 사건의 원인을 사람 내면의 깊은 곳에서 찾으려는 것은 잘못된 해석을 낳을 수도 있다.

역사적 인물의 행위 원인은 저자의 부단한 규명 노력에도 불구하고 추측일 수밖에 없다. 우리가 알 수 있는 것은 그러한 사실이 있었다는 정도일 뿐이다.

시저는 23명의 음모로 살해되었다. 이것은 의심할 수 없는 사실이다. 그러나 '시저를 죽이려는 23명의 의도가 과연 자유를 사랑하고 로마를 사랑했기 때문이었을까' 라는 명제가 나오면 누구도 그에 대해서는 자신 있게 말할 수 없는 것이다. 지금 다시 조사한다면 브루투스조차도 자존심이나 시기심, 원한 같은 사적인 이유에서 시저의 살해에 가

담했을지도 모른다.

　이렇듯 회의적으로 보면 역사적 사실조차도 의심스럽게 보여질 때가 있다. 또한 역사적 사실의 배경에 대해서는 대부분이 알려진 원인에 대해 의심스런 태도를 취하고 있다. 매일 경험하는 것을 생각해보면 역사의 해석에 대한 신빙성이 얼마나 약한지 쉽게 알 수 있기도 하다.

　예를 들어보자. 최근 일어난 일에 대해 몇 사람이 상황을 되짚어 이야기할 때 그들의 말이 모두 일치할 수 있을지 모르겠다. 물론 그렇지 않을 것이다. 잘못 생각하는 사람도 있고, 그때 당시와 느낌이 달라질 수도 있다. 마음이 변해서 진실을 왜곡해서 말하는 사람도 있을 것이다. 속기사 또한 편견 없이 있는 그대로 받아 적을 수 있을지 알 수 없는 노릇이다. 역사학자 또는 역사책의 저자 또한 마찬가지다. 공정하게 썼을지도 알 수 없을 뿐더러 자신의 역사관을 투영시켰을 수도 있다. 때로는 서둘러 일을 마무리 짓고 싶을 수도 있을 것이다.

　따라서 역사학자의 이름만으로 역사에 기술된 내용을 무조건 옳다고 생각해서는 안 될 것이다. 스스로 분석하고 판단하는 것이 중요하다. 다만 누구나 인정하는 역사적 사실은 존재하기 마련으로, 대표적인 역사책은 반드시 읽는 것이 좋다. 나는 여러 학자들이 시저의 망령이 브루투스 앞에 나타났다고 기록했음에도 불구하고 그 사실을 믿지 못하겠다. 그러나 너는 그러한 말이 화제가 되고 있다는 것조차 몰라서는 안 된다.

이 밖에 많은 역사책에 검증되지 않은 역사적 이론들이 사실인 것처럼 쓰여져 있다. 주피터, 마르스, 아폴로 등의 이야기를 담은 그리스 신화도 마찬가지다. 그들이 실제로 존재했을 수도 있겠지만 그렇다면 그들은 인간이었을지도 모르겠다.

역사를 공부할 때는 명성이 알려진 학자가 기록했고, 시인이 썼다는 이유로 모든 역사가 진실인 것처럼 받아들여서는 안 된다. 역사적 사건 하나하나에 접근 방법이 달라야 함은 물론이다. 역사책은 참고로 삼는 것이지 역사적 사실을 판단하는 잣대는 아니다.

역사에서 세상 보는 안목을 키워라

살아가는 데 있어 다른 어떤 공부보다도
역사공부가 필요할지도 모른다.

과거의 일을 들어서 현재도 그렇다고 말하는 것은 옳지
않다. 과거의 사례를 통해 현재의 문제를 검토하는 것은 중
요하지만 신중을 기하는 것이 필요하다.

학자들 중에는 사안이 비슷하다는 이유로 무조건 과거
의 사례를 통해 사건을 분석하려는 사람이 있다. 세상이 태
동한 이래 똑같은 사건은 일어난 일도 없고 일어날 수도 없

다. 또한 어떤 역사학자도 사건의 전후 실체를 완벽하게 기록한 사람은 없을 것이기 때문에 과거의 사례를 현재 사안에 그대로 결합시키려는 시도는 위험하다. 비슷하다는 것과 똑같은 것은 의미가 다른 것이다. 또한 과거에 일어난 사건의 실체적 진실은 아무리 노력해도 알아낼 수가 없다. 무엇이 원인이었는지는 추측하는 것에 불과하다. 과거의 증언은 현재의 증언에 비해 검증할 수 있는 장치가 적을 수밖에 없다. 그 시간이 오래 지날수록 신빙성은 그만큼 더 약해질 수밖에 없다. 그렇지만 앞서 말했듯이 아무리 역사에 회의적이라고 해도 상식화되어 있는 역사를 공부하는 것은 중요한 일이다.

사람이 세상을 살아가는 데 다른 어떤 공부보다도 역사공부가 필요할지도 모른다. 역사 공부는 세상을 보는 안목을 키워주기 때문이다. 널리 알려진 역사적 사실은 믿을 수 있는 역사학자의 책을 읽고 공부하는 것이 좋다. 그것이 옳은지 그른지를 판단하기 전에 우선 지식으로 익혀두는 것은 의미가 있다.

이제 네게 역사를 공부하는 방법에 대해 이야기하려고

한다. 역사를 공부하는 방법에는 시간과 노력을 절약하기 위해 역사적 대사건을 중심으로 공부하고 나머지는 대략적으로 공부하는 방법과, 크건 작건 모든 사건에 대해 똑같은 노력을 기울이는 방법이 있다.

네가 어떤 방법으로 공부하는지는 모르겠다만 내가 지금 말하려 하는 방법은 이들 방법과는 조금 다르다. 먼저 나라별로 간단한 역사책을 읽고 개요를 파악한다. 또 그 나라가 다른 어느 나라를 정복했는지. 왕이 바뀌었는지. 정치 형태에 변화가 있었는지 등의 주요 사건을 간추린다. 그리고 나면 논문이나 더 자세한 역사책에서 어떤 것들을 공부해야 하는지 목록이 구성될 것이다.

역사를 공부할 때는 원인과 함께 그 원인이 어떤 영향을 끼쳤는지 파악해야 한다. 무엇보다도 스스로 인과관계와 영향을 깨닫는 것이 중요하다고 하겠다.

르 장드로가 쓴 프랑스 역사는 짧지만 잘 기술되어 있다. 그의 역사책을 정확히 읽으면 프랑스의 역사를 대략적으로 알게 될 것이다. 또 메제레이의 역사책은 역사적으로 중요한 순간들을 파악하는 데 도움을 줄 것이다. 이 밖에도 어떤 시대나 사건에 대해 자세히 기술되어 있는 역사책을 비롯해 정치적 관점에서 쓴 논문 등 네가 참고할 수 있는 책은 무척 많다.

근대 프랑스의 역사는 필립 드 코민의 회고록을 비롯해 루이 14세 때 쓰여진 책들이 도움이 될 것이다. 다양한 책을 읽으면 한 시대와 사건에 대해 여러 관점에서 접근해 해석할 수 있게 될 것이다.

또 역사를 화제로 다른 사람들과 대화를 하면 역사를 이해하는 데 큰 도움이 된다. 다음에 기회가 있으면 프랑스의 다양한 사람들과 역사 이야기를 나눠보기 바란다. 역사를 잘 모르는 사람이라도 자기 나라의 일을 전혀 모르지는 않을 것이다. 만약 역사책을 한 권이라도 읽은 사람이라면 그것을 자랑하기 위해서라도 많은 이야기를 들려줄 것이다.

특히 프랑스 여성들은 역사와 관련된 책을 많이 읽는 것으로 알려져 있다. 그들과 대화를 많이 가져라. 책에서 얻을 수 없는 것들을 현지 사람들을 통해서 알게 되는 것은 큰 즐거움으로 때로 사람들은 책보다 많은 정보를 제공해 주기도 한다.

도움이 되는 책을 읽어라

쓸데없이 지루하기만 한 책은
피하는 것이 좋다.

　네게 세상이라는 책에 대해 말을 해주어야겠다. 세상은 한 권의 책과 같다고 할 수 있다. 세상은 네게 지금까지 출판된 책을 모두 합친 것보다 더 많은 지식을 전해줄 수 있다. 따라서 현명한 사람들과의 모임이 있을 때는 아무리 훌륭한 책을 읽다가도 책을 덮고 참석하는 것이 좋다. 그것이 현명한 방법이다.

그러나 역시 짧은 시간을 이용해 책을 읽는 것은 네게 다른 것과 비교할 수 없는 기쁨을 줄 것이다. 우리는 공부와 일, 놀이로 바쁘게 살아가고 있지만 자유로운 시간이 전혀 없는 것은 아니다.

이처럼 짧은 시간에 효과적으로 책을 읽고 즐거움을 얻기 위해서는 쓸데없이 지루하기만 한 책은 피하는 것이 좋다. 이런 책들은 게으른 작가가 역시 게으르고 무지한 독자를 대상으로 쓰는 경우가 많다. 이런 책은 정신건강에도 전혀 도움이 되지 않는다.

또 책을 읽을 때는 목표를 정하고 그 목표가 달성될 때까지는 다른 책을 들지 않는 것이 좋다. 현대사의 경우라면 특히 중요하고 흥미가 있는 시대를 몇 개 골라 차례대로 읽어 나가는 방법이 있을 수 있다. 베스트팔렌 조약에 관심이 있다면 그에 관한 책 외에는 손을 대지 않고 해당 분야와 관련된 역사책, 문서, 문헌 등을 차례로 읽고 비교해보는 것이다.

그렇지만 이런 종류의 독서에 너무 많은 시간과 노력을 들이는 것은 생각해봐야 할 문제다. 여가시간을 즐겁게 보내려면 독서 말고도 여러 가지 좋은 방법이 있을 것이다. 다만 그 시간을 이용해 책을 읽겠다면 앞서 말한 방법으로 책을 읽으면 보다 많은 것을 얻을 수 있을 것이라고 생각한다.

다양한 책을 읽다보면 서로 내용이 상반되거나 때로는 모순이 있는 책도 있을 것이다. 그럴 때 다른 책과 대조해 보면 오히려 내용을 분명하게 파악하게 될 것이다.

또 책을 읽은 것만으로는 내용을 빨리 파악할 수 없는 책도 있다. 이런 경우 같은 분야의 내용이 우연히 정치인들 사이에서 화제가 되거나 토론이 오가면서 사람들로부터 이야기를 전해 들으면 책에서 파악하지 못했던 것들을 쉽게 지식으로 만들 수 있다.

그러한 방법으로 얻은 지식은 생각외로 완벽해 여간해서는 잊어버리지 않게 된다. 마찬가지로 어떤 일이 발생한 현장으로 찾아가 이야기를 듣고 오는 것도 책의 내용을 이해하는 데 큰 도움을 줄 것이다.

이번 기회에 이제 갓 사회인이 된 네가 책을 읽는 방법에 대해 몇 가지 방법을 알려주려고 한다.

첫째, 현재 사회로 한 걸음을 내디딘 만큼 많은 책을 읽을 필요는 없다. 그보다는 다양한 계층의 사람들과 이야기를 나눔으로써 정보를 모으는 방법이 좋을 것이다.

둘째. 네게 도움이 되지 않는 책은 더 이상 읽지 않는 편이 좋겠다.

셋째, 주제를 정해 그 주제와 관련된 책을 집중해서 읽어라. 이 같은 방법을 잘 활용한다면 하루 30분 책을 읽는 것으로 충분할 것이라고 생각한다.

용서하지 않는 사람은
자기가 통과해야 할 다리를 파괴하는 사람이다.

-조지 허버트-

여행을 즐기되 목적을 가져라

여행을 할 때는 그 지방의 역사와 현재의 모습을
간략하게 소개한 소책자를 먼저 읽어보는 것이 좋다.

네가 보내준 여행기를 읽어보았다. 여행을 간 곳마다 끊임없이 의문을 갖고 신중하게 관찰했다는 것이 잘 드러나 있어 매우 기뻤다. 그것이 진정한 여행의 목적임을 잊지 않기를 바란다. 여행을 할 때 목적지를 전전하며 다음 목적지까지 시간이 얼마나 걸리고 숙소가 어디인지 하는 쓸데없는 생각만 하는 사람들이 있다. 이런 사람들은 여행 후에

얻은 것이 없고 따라서 여행으로 인해 달라지는 것도 기대하기 어렵다. 출발했을 때 현명하지 못한 사람은 돌아와서 역시 그대로인 것이다. 가는 곳마다 교회의 첨탑과 시계, 저택 같은 것을 보고 입만 벌리다 돌아온다면 남는 것이 무엇이 있겠느냐?

또 젊은이들의 경우 수박 겉핥기식으로 보고 들으며 주의를 기울이지 않는 경향이 있다. 그러나 이런 식이라면 아예 보거나 듣지 않는 편이 나을 수도 있다. 차라리 돈과 시간을 낭비하지 말고 집에 있는 편이 낫겠다.

이와 반대로 어디를 가든지 그 지방의 정치와 다른 지방과의 관계, 약점, 교역, 특산물 등을 공부하는 사람이 있다. 또 그 지방의 사람들과 우정을 쌓고 그 지방의 문화와 예의를 알아오기도 한다. 진정 여행에서 배움을 얻는 사람은 이런 사람들이다. 이런 사람들은 틀림없이 여행 후 더욱 현명해질 것이다. 어느 곳이나 여행을 통해 들러 볼 가치가 있다. 그러나 굳이 오래 머물 필요는 없다. 가서 보는 것이 있으면 그것으로 충분하다. 하지만 좀 더 주의를 기울여 보아야 하는 것들에 대해서는 시간을 더 투자해야 하고 주의 깊은 관찰도 있어야 한다. 지난 편지에 하트 씨에게 너의 여행에 대해 부탁했다. 베니스에서 로마로 갈 때 아드리아해를 따라 리미니, 로레토, 앙코나를 거쳐서 가거라. 그 일대에는 고대 로마의 유물을 비롯해 유명한 건축물과 그림, 조각들이 많이 있다. 어느 것 하나도 중요하지 않은 것이 없다. 보고 오면 좋은 경험이 될 것이다. 그리 많은 시간이 걸리지는 않을 것이다.

로마는 인간의 감정이 생생하고 훌륭한 갖가지 모양으로 표현돼 예술로 승화된 도시이다. 세계적으로 흔치 않은 도시인 것이다. 따라서 로마에 머무르는 동안 카피톨이나 바티칸 궁전, 판테온을 구경하는 데 만족해서는 안 된다. 1분의 관광을 위해 열흘 동안 정보를 수집하는 많은 노력을 기울여야 진면목을 알 수 있을 것이다. 로마제국의 정체성, 교황 권력의 성쇠, 로마궁정의 정책, 추기경의 면모, 교황 선출에 대한 이야기 등 로마제국에 대한 이야기를 꿰뚫어 보아야 한다. 배경이 되는 내용을 알아야 더 많은 것을 얻어낼 수 있을 것이다.

여행을 할 때는 그 지방의 역사와 현재의 모습을 간략하게 소개한 소책자를 먼저 읽어보는 것이 좋다. 조금 부족하다 싶겠지만 지침이 되기에는 충분할 것이다. 거기에는 더 나아가 자세히 알고 싶은 것이 있다면 그 지역 사람들에게 물어보면 된다.

역시나 모르는 것에 대해서는 잘 알고 있는 사람에게 물어보는 것이 제일 현명한 방법이다. 책의 내용이 아무리 좋아도 세상이 담고 있는 지식을 모두 소화해내기는 어려운 것이다.

영국에도 역사와 현황 등을 자세히 설명한 책이 여러 권 출간되어 있다. 프랑스 역시 마찬가지다. 그러나 이 중 많은 책들은 그 분야를 잘 모르는 사람이 썼거나 그런 사람들이 쓴 내용을 옮겨 놓은 것에 불과해 정보의 한계를 보여주고 있다. 이런 책들이 전혀 읽을 가치가 없는 것은 아니다. 그런 책조차 읽지 않으면 어느 분야에 대해 전혀 몰랐을 수도 있으니 말이다. 어쨌거나 여행지의 정보를 알기 위해 사람을 활용하는 것은 최선의 방법이 될 수 있다. 사람은 자신의 직업에 많은 애착을 갖고 있다. 따라서 자신의 관심사인 직업에 대해 이야기하면 싫어하지 않는 편이다. 오히려 자기 직업에 대해 질문을 받게 되면 신이 나서 쉴 새 없이 정보를 내놓을 수도 있다.

프랑스 내정에 대해 궁금한 점이 생기면 국회의장이나 의원에게 질의서를 보내 보거라. 프랑스 전체의 책을 모두 뒤져봐도 알 수 없는 내용까지 알 수 있게 될 것이다.

마찬가지로 군대에 대한 지식을 얻고 싶다면 장교에게 물어보아라. 훈련, 야영, 보급, 검열 등 무엇이든 물어볼 수 있을 것이다.

해군과 관련된 정보도 모아 보거라. 지금까지 영국은 프랑스 해군과 깊은 관계를 가져왔다. 앞으로도 그 관계가 오래 유지될 것이다. 아마도 알아두어서 손해가 되지는 않을 것이다. 이렇듯 네가 해외에서 직접 배우고 익힌 정보를 가지고 영국으로 돌아왔을 때 다른 사람들이 너를 어떻게 대할지 상상해보거라. 또한 나중에 네가 해외와의 교섭에 관련된 일을 할 때 얼마나 큰 도움이 될지 생각해보아라. 실제로는 네가 생각하는 것 이상으로 큰 도움이 될 것이다.

로마에서는 로마 사람이 되어야 한다

어느 지역을 가든지 그 지방의 풍습을 익히고
그에 따르는 행동을 한다.

하트 씨가 보내온 편지를 보고 매우 기쁜 마음에 네게
편지를 쓴다. 하트 씨는 네가 로마에 있는 동안 이태리 사
회에 적응하기 위해 노력했다고 칭찬했다. 또 네가 한 영국
여성의 제의로 결성된 영국인 클럽의 가입 제의를 거부했
다는 내용도 알려주었다.
　내가 너를 해외로 보낸 이유를 네가 잘 알고 있는 것 같

아 다행이다. 네가 다른 나라 어디에 가더라도 그렇게 잘 판단해서 행동해주었으면 하는 바람이다. 여러 나라 사람들과 잘 사귀어두는 것은 같은 나라 사람들과만 교제하는 것보다 훨씬 바람직한 것이다.

판단력이 있는 사람은 어느 지역을 가든지 그 지방의 풍습을 익히고 그에 따르는 행동을 한다. 전 세계 어디에서나 마찬가지다. 도덕적으로 받아들이기 어려운 것이 아니라면 그렇게 행동하는 것이 옳은 일이다.

그렇게 행동하기 위해서는 적응력이 우선 필요하다. 때와 장소에 맞게 너의 태도를 달리 정할 수 있어야 한다. 진지한 사람에게는 그에 맞게 진지하게 대하고, 쾌활한 사람에게는 역시 밝게, 별 볼 일 없는 사람은 적당히 대하는 것이다. 이런 대처능력이 몸에 배어 있어야 한다. 파리에는 3백 명 이상의 영국인이 살고 있는 것으로 알고 있다. 그런데 그들은 프랑스 사람들과는 이야기도 나누지 않고 자기들끼리만 생활하고 있다고 하더구나. 내가 알기로는 파리에 살고 있는 영국 귀족들의 생활도 거의 비슷하다. 아침 늦게까지 잠자리에 누웠다가 일어나면 그 즉시 친구들과 아침식사를 한다. 이러는 사이 두 시간이 훌쩍 지나가 버린다. 식사가 끝나면 떼거지로 마차에 올라 타 궁전이나 노틀담 사원으로 몰려 나간다. 저녁에는 레스토랑에서 저녁식사를 겸한 즉석 술 파티를 연다. 저녁식사 후에는 열을 지어 극장으로 향한다. 형편없는 바느질에 옷감만 고급인 옷을 입은 이들은 무대 바로 앞에 앉았다가 연극이 끝나면 다시 술집으로 몰려간다. 정신이 나갈 정도로 취한 이들은 거리로 나와 말다툼을 하거나 다른 사람들과 싸우다가 때로는 경찰에 붙들려 가는 신세가 되기도 한다.

이 같은 반복되는 일과를 보낸 이들이 프랑스어를 배우는 것은 불가능한 일이다. 지식을 쌓는 것도 마찬가지다. 그래도 귀국해서는 프랑스를 다녀왔다고 행세하느라 시도 때도 없이 서투른 프랑스 말을 읊어대거나 엉터리 프랑스 방식을 흉내내는 행동을 하기도 한다. 해외 생활이 이렇게 되어서는 안 된다.

너는 물론 이들처럼 되지 않을 것임을 알고 있다. 다만 프랑스에 머무는 동안 많은 프랑스인과 사귀기를 바란다. 노인은 좋은 가르침을 줄 것이고, 젊은이는 좋은 동료가 되어 줄 것이다. 그렇지만 일주일이나 열흘 정도의 시간을 같이 보냈다고 해서 다른 사람들이 이렇게 대해 줄 수는 없을 것이다. 너 역시 짧은 기간에 다른 사람들과 친해지거나 즐겁게 되는 것은 어려울 것이다. 따라서 어느 한 곳에 잠시 있다 가는 것이 아니라 몇 개월 정도 머물면서 충분한 시간을 두고 사람을 사귀어야 한다. 그러면 그들에게서 외국인이라는 선입견을 떼어낼 수 있게 될 것이다. 여행의 진정한 즐거움은 사람들과의 관계에 있다. 어디를 가든 그곳 사람들과 마음을 터놓고 진실로 사귀어라. 또 그 사회의 일원으로서 그곳 사람이 되었음을 보여주어야 한다. 이것은 그 지방의 문화와 관습을 알고, 예절을 익히고, 다른 지역에는 없는 무엇을 찾는 단 하나의 방법이다. 관광과 같은 형식적인 방문이나 매일같이 이어지는 느슨한 생활로는 이러한 것들을 결코 배우거나 얻을 수 없다.

세계 어느 곳에서나 인간이 가지고 있는 본성은 같다. 지방에 따라 환경에 따라 어떻게 표현하느냐가 다를 뿐이다. 너는 여러 지역을 여행하며 서로 다른 그 표현 방법들을 다양하게 접해보는 것이 좋다. 일례로 야망이라는 감정은 전 세계의 어느 누구나 가지고 있지만 야망을 달성하는 방법은 교육과 풍습에 따라 달라진다. 예의 역시 마찬가지다. 예의를 갖추어야 하는 것은 당연하지만 예의를 표현하는 방법은 나라마다, 지역마다 천차만별이다.

영국 국왕에게 절을 하는 것은 경의를 표하는 것이지만 프랑스 국왕에게 절을 하는 것은 실례이다. 황제에게는 고개를 숙여 절을 하는 것이 원칙이기 때문이다. 다른 어떤 나라에서는 전제 군주에게 땅바닥에 엎드려 절하기도 한다. 이처럼 예절은 지역에 따라서는 물론이고 사람에 따라서 달리 표현되기도 한다.

예절은 이성이나 판단력으로 설명할 수 없다. 우연한 기회에, 그리고 오랜 시간을 두고 생겨난 것이다. 그것이 있는 그대로 따라야 하는 것이다. 국왕이나 황제에 대한 것만 그런 것이 아니다. 모든 계층에 관습과 각기 다른 예절, 규범이 있기 마련이다. 네가 알고 있는 것과 다르다고 해서 따르지 않을 수 없는 것으로, 그 지역의 관습을 무시해서는 안 된다.

예를 들어 건배를 하면서 누군가의 건강을 기원하는 것

은 이성적으로 판단해보면 모순되고 어리석은 일일 수 있
다. 한 잔의 포도주와 누군가의 건강이 무슨 상관관계가 있
다는 말이냐? 하지만 대부분 지역에서 쉽게 그런 관습을
볼 수 있고 그런 관습이 있는 지역에서는 그 관습에 따르는
것이 현명하다고 생각한다.

다른 사람에게 예의를 갖추고 좋은 인상을 전달하는 것
은 상식적인 일이다. 하지만 때와 장소, 대하는 사람에 따
라 예의를 갖추는 것은 직접 몸으로 배우고 따르지 않으면
어려운 일이다. 다른 문화와 관습, 예의를 편견 없이 배우
는 것이 올바른 여행 자세이다.

아무리 현명한 사람도 그 지역 고유의 예의범절을 배우
지 않으면 결국 표현할 수 없다. 표현이 가능한 사람은 그
지역에서 직접 보고 배우며 체험한 사람뿐이다.

네가 방문하는 지방에서 존경받는 사람들과 우정을 나
누면 너는 그 지방의 사람이 되는 것이다. 너는 이미 영국
사람이 아니다. 프랑스 사람도 이태리 사람도 아닌 바로 유
럽인이 되는 것이다. 여러 지역의 풍습을 몸에 익혀 파리에
서는 프랑스 사람, 로마에서는 이태리 사람, 런던에서는 영

국 사람이 되어야 한다.

너는 이태리어가 서투르다고 생각하고 있는 것 같더구나. 하지만 너는 네가 알지 못하는 사이에 훌륭한 이태리어를 익히고 있다. 잘 생각해 보아라. 프랑스 귀족들은 자신들이 알지 못하는 사이에 멋진 문구가 입 밖으로 흘러나온다. 너도 마찬가지다. 너만큼 프랑스어, 라틴어에 능숙하다면 이미 이태리어의 반은 정복한 것이나 다름없다. 너는 사전 같은 것을 보지 않아도 될 정도의 어휘력을 가진 것으로 알고 있다.

다만 숙어나 관용구에 자신이 없다면 현지에서 실제 대화를 하면서 자연스럽게 익히는 것이 좋다. 미묘한 차이도 마찬가지다. 상대방의 말을 주의 깊게 듣는다면 쉽게 익힐 수 있으므로 그런 것은 큰 문제가 되지 않을 것이다. 따라서 실수를 두려워하지 말고 사람들과 계속해서 대화하는 것이 중요하다.

프랑스어로 인사하는 대신 이태리어로 말해보아라. 그러면 상대방도 이태리어로 인사할 것이다. 처음에는 잘 알아들을 수 없을지도 모른다. 그렇지만 주의 깊게 여러 번

듣다보면 너도 모르는 사이에 이태리어에 능숙해져 있는
너를 보게 될 것이다. 이태리어는 생각보다 쉽게 배울 수
있는 언어 중 하나이다. 다시 한번 말하자면 너를 해외로
보낸 이유는 이런 것들이 몸에 익숙해지기를 바라기 때문
이다. 관광으로 만족하지 말고 그 나라와 각 고장의 다양한
면면을 자세히 살펴보기 바란다. 그곳 사람들과 우정을 나
누며 문화, 관습, 예절을 익히고 현지언어를 배워야 한다.
내가 바라는 것은 그것뿐이다.

생활의 순도를 높이기 위해서는 '축복하는 마음'을 가져야 한다.
'축복하는 마음'이란 간단히 말해서 질투심의 반대이다.

-오다나베 쇼이치-

일반론에 의지하지 말라

현명한 사람은 일반론을 내세우지 않고도
자신이 주장하는 바를 설득력 있게 전달할 수 있다.

아마도 지금쯤 너는 라이프치히에 도착했겠구나. 라이
프치히에서 열심히 학업에 열중해주길 바란다. 드레스덴
에서 궁정을 처음 접해 본 느낌이 어떠했는지 알고 싶다.
궁정이 네 마음에 들었는지는 모르겠다만 궁정에서는 학
업을 통해 지식을 쌓는 것이 다른 사람에게 인정받는 가장
중요한 요소라는 것을 알아야 한다. 지식과 덕을 쌓고, 위

엄 있고 겸손한 태도를 가진 사람들을 바라보는 것은 행복한 일이다. 이것을 알고 네 목표를 세웠으면 한다.

반대로 지식이 없는 궁정생활은 불쌍하게 여길 수밖에 없다. 차마 눈 뜨고는 볼 수 없을 정도라 할 만하다. 사람들은 궁정에 대해 '허위와 위선의 결정체로, 안과 밖이 일치하지 않는 세계'라고 말한다. 하지만 그것이 옳은지는 생각해볼 일이다. 나는 그렇지 않다고 생각한다.

궁정이 허위와 위선으로 가득하다는 것에 대해서는 일면 인정할 수 있는 부분이 있다. 그러나 이것이 궁정만의 이야기냐 하면 이야기가 달라진다. 이 세상에 그렇지 않은 곳은 드물기 때문이다.

사람들이 순박하다고 믿는 농촌 사람도 예외는 아니다. 서로 집과 밭을 이웃하고 살고 있는 농부들 사이에도 이웃에 비해 많은 농산물을 생산하기 위해 고민하며 경쟁 관계를 이룬다. 또 지주에게 불이익을 받지 않기 위해 지주의 마음을 사로잡는 방법을 궁리하기도 한다. 이 같은 태도는 궁정에서 왕의 비위를 맞추기 위해 아부하는 것과 별반 다르지 않다. 농부와 궁정 사람의 방법과 태도가 차이가 있을 수는 있지만 동기에서는 차이가 없는 것이다.

이렇듯 일반론이 옳은 예는 많지 않다. 시골 사람들은 순박하고 거짓이 없고 궁정 사람들은 위선에 가득 차 있다는 것은 하나의 일반론에 불과하다. 사람들이 그렇게 믿고 있다는 것이 중요한 것이 아니라 사실관계가 중요한 것이다. 농사를 짓는 사람이나 양을 치는 사람이나 궁정 사람이나 다 같은 '사람'일 뿐이다. 생각하는 것은 크게 다르지 않다. 앞서 말했듯 방법과 태도가 조금 차이가 있을 뿐이지 어떤 행동을 하는 동기는 같다고 보아야 한다.

따라서 일반론을 내세워 주장할 때는 신중해야 한다. 일반론을 말하는 사람들 중에는 교활하거나 자만심이 강한 사람이 많다. 교활한 사람들이 일반론을 말하는 것은 그것 외에 마땅히 내세울 것이 없는 지식의 부족함 때문이다.

세상에는 여러 가지 일반론이 많은 것이 사실이다. 물론 그 중에는 옳은 것도 있긴 하다. 그러나 대부분의 일반론은 자기만의 철학이 없는 사람들이 남에게 인정받기 위한 방편으로 사용된다. 나는 일반론을 들고 나오는 사람들에게 위엄 있게 "그래요? 그런데요?"하고 다음 이야기를 묻는다. 하지만 이런 사람에게서 명쾌한 이야기를 듣는 것은 기대하기 어렵다. 대부분 제대로 말을 잇지 못한 채 얼버무리기 일쑤다.

　반면 정말 현명한 사람은 일반론을 내세우지 않고도 자신이 주장하는 바를 설득력 있게 전달할 수 있다. 자신만의 확고한 지식이 바탕이 되기 때문이다. 이들은 일반론이 아니고서도 충분히 유익한 이야기를 들려주며, 상대방을 재미있게 만드는 지식과 대화 기술을 가지고 있다.

남자는 망각에 의해 살아가고,
여자는 기억을 양식으로 살아간다.

-T.S. 엘리어트-

배운 대로만 판단하는 것은
앵무새가 말하는 것과 같다

다른 사람들의 생각을 들어보고
내 생각이 옳은지, 옳지 않다면 어디가 잘못됐는지
판단해서 새로운 지식으로 만들어야 한다.

너는 매사 깊게 생각하는 습관을 가져야 한다. 이런 태도가 몸에 배야 한다. 네 또래 젊은이들 중 그렇게 할 수 있는 사람은 많지 않을 것이다. 하지만 네 나이면 사물의 본질에 대해 생각해야 하는 때가 되었다. 스스로 판단해서 왜곡되지 않은 진실과 그 지식을 익혀야 한다. 지금 말한다만 나 역시 그런 습관을 가지게 된 것이 그리 오래되지 않았다. 내가 조금씩이나마 스스로 생각하고 판단하게 된 때는 16세가 지나서였다. 그렇다고 해서 생각한 것을 다른 곳에 활용하거나 응용할 수 있었던 것도 아니다. 책을 읽으면 내용을 정확히 파악하지 못했고 만나는 사람들이 말하는 것도 옳고 그름을 판단할 수 없었다.

그때는 아마도 편한 것이 좋았기 때문이었을 것이다. 시간과 노력을 들여서 진실을 추구하는 것은 힘든 일이었고 다소 틀리더라도 편한 채로 있는 것이 좋을 때였다. 생각하는 것은 귀찮은 것이었고 노는 것은 즐거운 일이었다. 또 다소 고상해 보이는 상류 사회 어른들의 사고방식도 마음에 들지 않았었다.

이렇게 깊이 생각하고 진실을 알기 위해 노력하는 것을 등한시하다 보면 편견이라는 것이 머릿속을 비집고 들어오게 된다. 진실을 추구하는 대신 잘못된 사고방식을 키우게 되는 것이다. 그러던 내가 언제부턴가 스스로 생각해보겠다는 자세를 가지면서부터 세상을 보는 눈이 달라지게 됐다. 배운 대로만 생각하고 세상을 보았던 이전과는 달리 세상 모든 것이 새로운 질서 속에 정리가 되어갔다.

그럼에도 불구하고 사람은 편견에 빠지는 일이 잦다. 나의 가장 오래된 편견은 고전은 절대적이라는 것이었다. 수많은 고전을 읽으면서, 많은 강의를 들으면서 이러한 편견이 자연스럽게 만들어졌다. 이 편견 때문에 나는 지난 1천5백 년 동안 이 세상에 양식이나 양심이 없는 것으로 믿어 의심치 않았다. 양식 있는 것과 양심 있게 행동하는 것은 고대 그리스-로마 제국과 함께 없어져 버렸다고 생각했던 것이다. 고대 그리스 최대의 서사시인 호머나 로마 최대의 시인 버질의 작품은 고전이기 때문에 훌륭하지만 현대 밀턴과 타소의 작품은 가치가 덜하다고 믿었다. 하지만 지금은 그렇지 않다. 3백 년 전의 사람도 현대인과 마찬가지라는 것을 알고 있기 때문이다.

사람의 본성은 지금이나 옛날이나 다르지 않은 것이다. 다만 시대에 따라 삶의 방식과 관습이 달라질 뿐이다. 1천5백 년 전, 3백 년 전의 사람들이 현대인보다 더 용감하고 현명했다는 것은 있을 수 없는 일인 것이다. 이것은 동물이나 식물이 1천5백 년 전이나 3백 년 전과 비교해 크게 진화하지 않은 것과 마찬가지다.

　지금도 스스로 학자라고 칭하는 많은 사람들이 고전을 맹신하고 있지만 나는 이제 그것이 아니라는 것을 깨닫게 되었다. 현대인이나 옛날 사람 모두 장점이 있는가 하면 단점이 있기 마련이다. 동시대에 좋은 일을 하는 한편 나쁜 일을 하는 것도 역시 그렇다. 나는 고전에 대한 믿음과 함께 종교에 대한 편견도 심했었다. 영국 국교를 믿지 않으면 아무리 정직한 사람이라도 구원을 받지 못할 것이라고 믿을 정도였다. 이 또한 세상을 살면서 달라졌다. 사람의 생각이 쉽게 바뀔 수 있다는 것을 젊은 시절에는 몰랐을 뿐이었다. 마찬가지로 내 생각과 다른 사람의 생각이 같지 않은 것처럼 다른 사람의 생각이 내 생각과 같지 않을 수 있다는 사실을 몰랐었다. 이제는 서로 의견이 다르더라도 서로가 진지하게 행동하고 있다면 그것으로 충분하다는 것과 서로 이해하고 관용하는 마음을 가져야 한다는 것을 알게 되었다.

　내가 가졌던 또 하나의 편견은 사교계에서 인정받기 위해서는 한량 기질을 가져야 한다는 생각이었다. 나는 사교계에서 주목을 받고 있다는 사람들처럼 한량 기질을 갖고

자 노력했다. 보다 근본적으로는 사교계에서 사람들에게 비웃음을 받지는 않겠다는 생각이었을 것이다. 그러나 지금은 그런 것에 구애받지 않게 되었다. 한량 기질은 인정받고 싶어 하는 사람들에게서 오히려 좋지 않은 평가를 받는 결점이 될 수 있다. 그럼에도 불구하고 한량 기질을 뽐내고 다니는 사람이 있다. 편견 때문에 자신의 결점을 아무런 거리낌 없이 드러내게 되는 것이다. 이렇게 보면 편견은 무서운 것임에 틀림없다.

물론 내가 지금까지도 다른 사람의 주장이나 책에서 배운 지식에 의해 강요된 생각으로 세상을 판단할 수도 있다. 오랜 세월 동안 다른 사람으로부터 주입된 사고방식이 때로는 자신의 사고방식으로 굳어지기도 한다. 또 젊어서 배워 얻은 생각과 스스로 판단한 생각을 명확히 구분하는 것도 쉽지는 않은 일이다.

중요한 것은 분명히 잘못은 아니지만 어리석게 생각하고 편견에 빠지는 것을 조심해야 한다는 것이다. 그러한 태도는 진실을 찾는 노력을 게을리 할 때 나타난다. 이해력이 뛰어나고 건전한 사고방식을 가진 사람조차도 진실을 찾는 노력을 게을리하면 판단력이 흐려지기 마련이다.

예를 들어 사람들은 '전제정치 아래서 진정한 예술이나 과학이 자라지 못한다'고 생각한다. 언뜻 생각하기에는 자유가 제한되면 재능을 발휘하기 어려울 것 같기도 하다. 그러나 내 생각은 다르다. 먹고 사는 기술은 정치 형태에 따라 이익이 보장되지 않으면 발전이 더딜 수 있다. 반면 전제정치가 수학자나 천문학자의 학문을 막았다는 말은 들어보지도 못했고, 그런 사례도 알지 못한다. 시인이라면 전제정치 아래서 자기 뜻대로 주제를 선정하는 자유는 박탈당할 수 있을 것이다. 그렇지만 시인의 재능을 쏟아 넣을 대상은 있기 마련이다. 정치 형태 때문에 가지고 있는 재능까지 빼앗기지는 않는 것이다.

실제로 코르네유, 라신, 리에르, 부알로, 라 퐁텐 등의 시인들은 루이 14세의 전제정치 아래서 명작을 남겼다. 로마 제정의 초대황제 아우구스투스 시대에는 잔인한 황제가 로마 시민들의 자유를 억압하면서부터 작가들이 진정한 문학의 길로 접어들게 되었다.

이 밖에 편지가 제대로 평가를 받게 된 것은 절대권력을 행사하던 교황 레오 10세 때이고, 편지가 장려되고 보호받는 시점은 강력한 독재정치를 펼친 프란시스 1세 때인 것이다.

이런 예를 든 것은 내가 전제정치를 찬성해서는 아니다. 내가 가장 싫어하는 것 중 하나가 독재정치다. 인간의 기본권리를 침해하는 범죄행위이기 때문이다. 그야말로 편견에 빠져서는 안 된다는 예를 든 것이다.

어쨌거나 세상을 올바로 바라보는 습관을 몸에 익혀야 한다. 네 생각들과 지식들을 하나하나 돌아보고 정말로 그렇게 생각하는 것인지, 책이나 다른 누구에게 배웠기 때문에 그렇게 생각하고 있을 뿐인지 생각해보는 것이 좋다. 어느 대목에 이르면 편견이나 독단에 빠져있다는 것을 알 수도 있을 것이다. 더 나아가 다른 사람들의 생각을 들어보고 내 생각이 옳은지, 옳지 않다면 어디가 잘못됐는지 판단해서 새로운 지식으로 만들어야 한다.

이 같은 작업은 가능하면 빨리 시작하는 것이 좋다. 너무 늦어지면 편견으로 인한 결과에 후회하게 될 일이 생길 수도 있다. 비록 사람의 판단이 언제나 옳기를 기대하기는

어렵지만 시행착오를 줄이기 위해서는 좋은 판단력을 갖
는 것이 무엇보다 중요하다.

　책을 읽는 것과 사람들과 대화하는 것이 판단력을 키워
주기는 하지만 지금까지 말한 것처럼 책과 다른 사람들의
말 또한 편견을 길러줄 수 있다는 점에서 의심의 과정 없이
받아들여서는 곤란하다. 그저 네 판단의 보조수단으로 삼
으면 된다. 결국 깊이 생각해서 진실을 판단하는 노력에 게
을러서는 안 될 것이다.

바쁜 사람에게는 나쁜 버릇을 가질 시간이 없는 것처럼
늙을 시간이 없다.

-앙드레 모로아-

지나친 용기는 만용을 부른다

지식은 가만히 넣어 두는 것으로 충분하다.
애써 그것을 보여주기 위해
꺼내놓을 필요가 없는 것이다.

작용에는 반작용이 있고 긍정적인 측면 반대편에는 부정적인 측면이 있게 마련이다. 아무리 훌륭한 장점에도 불구하고 단점이 있을 수 있는 것처럼 사람의 행동 역시 생각지도 않았던 결과를 가져올 수 있다.

예를 들어 관용이 지나치면 응석이 된다. 절약은 인색함이 되고, 용기는 만용이 되며, 지나친 신중은 비겁한 결과를 낳을 수 있다. 이런 점에서 나쁜 일을 하지 않는 것도 중요하겠지만 좋은 일을 하는 경우에도 인과관계를 따져 볼 필요가 있다. 나쁜 행위는 그 자체가 좋지 않은 것이기 때문에 짧은 시간의 판단만으로도 외면하고 스스로 경계하기 마련이다.

반면 좋은 일은 그 자체가 아름답고 의미가 있다. 따라서 그 일을 처음 접하면서부터 마음을 빼앗겨 결국 그 일에 도취되어 버린다. 하지만 올바른 판단이 없으면 자기도취만큼 위험한 것이 없다. 옳은 행동을 끝까지 옳은 행동으로, 장점을 언제까지나 장점으로 유지시키기 위해서는 끊임없는 자기 수양이 필요하다. 이러한 경우가 꼭 들어맞는 것이 바로 학식이다. 학식이 풍부하다는 것은 큰 장점이지만 자칫 자기도취라는 함정에 빠지기도 쉽다. 너도 차근차근 지식을 쌓아가다 보면 언젠가 많은 지식을 축적하게 될 것이다. 그때 다른 사람들과 마찬가지로 함정에 빠지지 않으려면 항상 조심해야 한다.

지식이 많아도 제대로 판단해 처신하지 않으면 자만에 빠져 있다거나 못 봐주겠다는 비아냥거림을 들을 수 있다.

지식이 많은 사람은 자신감이 넘쳐서 남의 의견을 무시하기 쉽다. 또 자신의 주장을 무작정 관철시키려 하거나 매사를 자신의 판단대로 단정 짓기도 한다.

이때 상대편은 강요를 당한 것에 대해 반발심을 갖거나 수치심 또는 분노를 느끼게 된다. 때로 감정이 격해지거나 이해가 걸린 일에는 법적인 분쟁도 마다하지 않게 된다.

이 같은 사태를 방지하기 위해서는 지식의 양이 늘어나는 만큼 겸손해져야 하는 것이다. 확신이 있는 일이라 할지라도 불확실한 것처럼 균형 있게 행동하고 의견을 말할 때도 단정적으로 말해 다른 사람의 감정을 상하게 하는 일은 없어야 한다.

다른 사람을 설득하기 위해서는 우선 상대의 의견에 귀를 기울여야 한다. 겸손은 사람이 사회생활을 하면서 반드시 갖춰야 하는 기본 요건이다. 겸손하게 행동해야 학자나 된 것처럼 착각한다는 말을 듣지 않을 것이다.

마찬가지로 무지한 것처럼 보이지 않기 위해서라도 지식을 드러내놓고 자랑하지 않는 편이 좋다. 지식은 가만히 넣어 두는 것으로 충분하다. 애써 그것을 보여주기 위해 꺼내놓을 필요가 없는 것이다. 묻는 사람이 있으면 그때 꺼내서 있는 그대로 보여주면 된다. 사람들과 편하게 이야기하는 가운데서 꾸미지 않고 있는 그대로의 내용을 전달하는 것이다. 다른 사람들보다 뛰어난 것처럼 보이기 위해 행동하다가는 이내 자만에 빠졌다는 평가를 받게 될 것이다.

　지식은 필수품이다. 장식품이 아니다. 항상 가지고 있지 않으면 수모를 받게 된다. 때에 맞춰 제대로 활용하는 것이 진정한 지식이다. 이러한 지식을 잘못 활용해서 위신을 떨어뜨리지 않도록 스스로 조심해야 한다.

술이 빚은 우정은
술처럼 하룻밤밖에 가지 못한다.

－F.V. 로가우－

공부만 하면 바보가 될 수 있다

학식이 풍부하지만 세상물정에는 어두운
사람에게서 곧잘 나타나는 부조화

오늘 한 사람이 다른 사람을 얼마나 피곤하게 할 수 있
는지를 제대로 깨달았다. 오늘 학식이 풍부한 친척이 찾아
와 같이 저녁을 먹었다. 그런데 나로서는 무척 당혹스럽고
지루한 시간을 보내야만 했다. 내가 말하고자 하는 것은 그
사람이 대화법과 예절에 서툴렀다는 것이다. 이것은 학식
이 풍부하지만 세상물정에는 어두운 사람에게서 곧잘 나

타나는 부조화이다. 옛말에 '잡담은 근거가 없는 시시한 이야기'라고 한다. 그러나 근거는 다소 떨어지는 이야기라 하더라도 마음 놓고 편안하게 잡담을 나누는 것은 인간관계에서 소중한 것이다. 그런데 그 사람의 이야기는 모두가 근거가 확실한 것들뿐이었다. 그는 자신이 주장한 것에 내가 조금이라도 다른 이야기를 하면 즉시 화를 내며 반박하더구나.

그런 대화는 무척이나 지루한 것이다. 물론 그의 주장이 틀렸다는 것은 아니다. 오히려 대부분이 옳은 내용이었다. 하지만 아쉽게도 그의 주장은 현실성이 떨어지더구나. 또 자기 생각을 표현할 때 말투가 어색하기 짝이 없었다. 말이 시작되자마자 중단되곤 했으며 말투 역시 무뚝뚝했다. 동작도 세련되지 못하기는 마찬가지였다.

그는 아마도 책에 파묻혀 살면서 다른 사람들과 교제에는 소홀했을 것이다. 오랫동안 연구실에나 틀어박혀 있으면서 자신의 논리를 만들어냈겠지만 학문의 깊이에도 불구하고 인간관계와 세상물정에는 한계를 노출하고 있는 것이다.

그의 학식과 인품을 떠나서 이런 사람과 대화를 하는 것은 별개의 문제라고 할 수 있다. 차라리 교양이 조금 떨어지더라도 약간은 세상물정을 알고 있는 편이 대화상대로는 더 낫다고 할 수 있겠다.

세상이란 이론대로 돌아가는 곳이 아니다. 이것을 알고 있는 사람에게 세상물정에 어두운 사람이 주장하는 이론은 현실성이 결여돼 지루하기만 하다. 그것이 잘못되었다고 참견이라도 하게 되면 말도 되지 않은 격한 논쟁을 피할 수 없게 될 것이다. 더욱 기가 막히는 일은 상대는 내가 하는 말을 완전히 무시한다는 것이다.

그들은 옥스퍼드나 케임브리지 대학에서 평생을 바쳐 연구한 사람들이다. 인간의 두뇌나 마음, 이성, 의지, 감정, 감각 등에 대해 보통 사람들이 생각할 수 없는 데까지 세분화시켜 사람을 연구 분석하는 것이다. 이렇게 자신만의 논리를 만들어낸 사람들이 쉽게 주장을 꺾거나 물러설 수 없는 것도 당연하다고 할 수 있을지도 모른다.

안타까운 점은 그들의 주장이 나름대로 논리 정연하고 합리적인 것임에도 불구하고 그들이 현실의 인간에 대해 전혀 모르고 있다는 것이다. 그들은 연구에 몰두하느라 실제로 인간을 관찰하거나 실제로 사귀어 본 일도 많지 않을 것이기 때문이다. 따라서 세상에는 여러 부류의 사람과 여러 가지 습관, 편견이 있다는 것은 물론이거니와 이러한 것들이 합쳐져 인간세상이 돌아간다는 것을 이들은 알 수가 없다.

이들이 연구실에서 사람은 칭찬을 받으면 기뻐한다는 사실을 정립했다고 하자. 그러나 그들은 칭찬하는 방법을 몰라 제대로 된 실천에 대해서는 한계를 보이게 된다. 그들이 무조건적인 칭찬으로 나설 때 그 결과가 어떨지를 상상해보아라.

장소에 어울리지 않는, 정확하지 않은 칭찬보다는 아무 말도 하지 않는 편이 더 나을 것이다. 그들은 다른 사람이 기뻐할 것이라는 확신에 차서 주위 사람들의 상황을 이해하지 못한 채, 이해하려는 생각도 없이 무조건적인 칭찬을 하게 될 것이다.

그렇다면 이런 칭찬을 받은 사람은 어떨까? 당황스러움을 넘어 황당하게 될 것이고 상대방이 또 어떤 우발적인 행동을 할지 예민해질 것이다.

세상물정을 모르는 학자에게는 프리즘을 통해 빛을 보는 것처럼 사람도 각각의 색으로 분류가 가능할 것이다. 이 사람에게는 이 색깔, 저 사람에게는 저 색깔을 덧씌울 것이다. 그러나 경험이 풍부한 염색 기술자라면 빛깔에도 채도가 있고 명도가 있다는 것을 안다. 보이는 것은 한 가지 색이라 해도 여러 가지 색이 섞여있다는 것도 역시 알고 있다. 사람 또한 한 가지 색깔만 가진 사람은 없다. 다른 여러 가지 색깔이 섞여있거나 명암이 들어가 있다. 그것이 전부는 아니다. 빛을 받는 정도에 따라 여러 가지 색깔은 다양한 변화를 일으킨다. 이것이 사람이다. 이것은 세상물정을 아는 사람은 누구라도 알 수 있는 이치다.

그러나 사람들과 떨어진 채 연구실에서 연구에 몰두한 학자는 자신감에도 불구하고 이러한 간단한 것을 간과하고 마는 것이다. 이러한 것들은 체험 없이 생각만으로 알 수 있는 것이 아니기 때문이다. 따라서 이들이 공부한 것을 실천하는 데는 생각보다 어려움이 따르게 된다. 앞서 칭찬을 예로 든 것과 마찬가지로 다른 사람이 춤추는 것을 보지 못하면 음악을 듣고 음과 리듬을 이해한다고 해도 제대로 된 춤을 추기는 어렵다.

하지만 세상을 두루 경험한 사람은 상황에 따라 행동하는 법을 안다. 칭찬을 예로 들면 언제, 어디서, 어떻게 해야 하는지를 알고 있다. 그들은 직접적으로 칭찬하는 대신 비유를 하기도 하고 보이지 않게 칭찬하는 방법도 터득하고 있다. 의사가 환자의 체질에 따라 다른 처방을 하는 것과 같다. 머리로 생각하는 것과 현실 사이에는 이 만큼의 간격이 있는 것이다.

지식이나 학력, 인격이 다소 떨어지는 사람이 학자나 훌륭한 인격의 사람들을 잘 관리하는 것을 볼 수 있다. 이러한 상황은 일상에서 의외로 쉽게 볼 수 있다. 이는 뛰어난 사람들이 세상을 사는 방법에 약한 반면 능력에서 다소 뒤처지는 사람들이 세상을 살아가는 방법에 밝은 경우이다. 그들은 세상물정에 어두운 사람들을 이용해 관리를 용이하게 한다.

직접 보고, 듣고, 체험해서 얻은 지식은 책에서 얻은 지식과 근본적으로 다르다. 이러한 지식을 알고 있는 사람은 세상을 살아가는 데 훨씬 유리하다. 책에는 인간의 감정, 심리와 같은 것들도 포함하고 있다. 그것들을 미리 읽고 알아내는 것은 중요한 일이다. 그러나 읽는 것으로 끝내면 알고는 있으나 활용할 수 없는 지식이 될 뿐더러 때로는 방향이 잘못돼 지식의 왜곡이 생겨나기도 한다. 세계지도를 펴놓고 열심히 공부한다고 해서 전 세계에 대해 속속들이 알 수 있는 것은 아니다. 따라서 실제로 사회에서 생활하며 체득하는 과정이 뒤따라야만 한다.

너는 지금까지 공부한 것을 가지고 나름대로 판단을 내릴 수 있을 때가 되었다. 네 인격과 행동양식, 예의도 자리를 잡게 해야 한다. 또 세상에서 그것들을 경험하며 몸에 익숙해지도록 하는 것이 필요하다. 이를 위해 세상 이야기가 담겨있는 사회과학 책을 읽고 그 책의 내용을 현실에서 알아보는 것은 큰 도움이 될 것이다.

오전에 프랑스 라 로슈푸코의 격언이나 라 브뤼에르의 책을 읽고 생각해둔 것이 있다면 저녁 사교모임에서 책의 내용을 확인하고 만나는 사람들에게 그 격언의 내용을 적용시켜 보면 좋을 것이다.

말솜씨보다 말하는 태도가 중요하다

사람의 분위기와 표정, 몸짓, 품위, 억양, 목소리와
같은 것들이 말하는 내용 못지않게 중요하다.

율리우스력을 그레고리력으로 개정하기 위한 법안을 영
국 상원에 제출했을 때의 기억을 되살려보았다. 너도 알다
시피 율리우스력은 태양력에 비해 11일을 초과하는 정확하
지 않은 달력이다. 그래서 오류를 수정한 달력이 만들어졌
고, 교황 그레고리우리 13세가 만들었다고 해서 명칭이 그
레고리력으로 정해졌다. 그레고리력은 곧 유럽 각국의 가

톨릭 국가로 전파되었다. 끝내는 러시아와 스웨덴, 영국을 제외한 모든 프로테스탄트 국가들에서 사용하게 되었다. 이때 나를 비롯해 해외 출장이 많았던 정치가들과 상인들은 율리우스력의 불편을 잘 알고 있었다. 또 대부분의 국가에서 그레고리력을 사용하고 있는데도 영국에서만 여전히 오류가 많은 율리우스력을 사용하고 있다는 것이 불만스러웠다. 따라서 내가 영국에서 그레고리력을 사용하도록 법률을 개정하기로 하고 여론을 수렴했다.

법안 상정을 위해 우선 법안을 작성해야 했다. 여기에는 뛰어난 법률가와 함께 천문학자들의 도움이 필요했다. 법안에는 법률용어와 함께 천문학적 이론이 들어가야 했기 때문이었다. 그런데 그레고리력을 사용하도록 먼저 제안을 했음에도 불구하고 나는 천문학은 물론이거니와 법률 지식도 그리 많지 않은 형편이었다. 먼저 의회 사람들을 설득하는 것이 당면 현안이 되었다. 내가 의원들에게 그레고리력의 장점에 대해 설명해줄 수 있어야 하는 것은 물론, 나 스스로가 논리적 바탕을 가지고 있어야 했다. 의원들도 나와 마찬가지로 천문학에 대해 많은 지식을 갖지 않은 것이 당연했다.

그나마 내게 천문학과 달력에 대해 설명하는 것은 다른 나라 언어를 배우거나 그 언어로 이야기하는 것과 큰 차이가 없는 무난한 일이었다. 그러나 의원들은 달랐다. 의원들이 쉽지 않은 천문학과 달력에 흥미를 가질 수 있을지 의심스러웠다.

남은 방법은 한 가지였다. 달력의 내용을 설명하기보다는 의원들의 감성에 호소하기로 한 것이다. 나는 이집트력에서부터 율리우스력은 물론 그레고리력까지 달력의 변화과정을 재미있는 이야기를 섞어 의원들에게 설명했다. 이론은 물론이거니와 말하는 태도, 어휘, 화술, 몸짓까지 신경을 써서 말했음은 물론이다. 결국 이러한 나의 노력이 의원들에게 받아들여졌다. 의회에 모인 의원들 모두가 법안이 상정된 이유를 알고 있다는 자세가 되었다. 내가 천문학을 비롯한 과학적인 논리는 자제했음에도 큰 문제가 되지는 않는 것 같았다. 의원들은 내가 설명한 것으로 충분하다고 발언했다.

물론 법안을 상정하는 데 있어 천문학이 완전히 배제될

수는 없는 노릇이었다. 그래서 유럽 제일의 수학자이자 천문학자인 마크레스필드 경이 천문학적으로 접근해 의원들의 설득에 나섰다. 마크레스필드 경은 법안 작성에서부터 법안 통과를 위해 누구보다 많은 도움을 준 사람이기도 했다. 그럼에도 불구하고 그의 어려운 이야기는 의원들의 관심을 받지 못했다. 무엇보다도 그의 말하는 태도가 의원들을 사로잡지 못했음이 분명했다. 안타깝게도 달력 개정과 관련된 모든 공로와 칭찬은 내가 차지하는 모양이 되고 말았다.

이것은 비단 나만의 경우가 아니다. 너 역시 이런 경험이 분명히 있을 것이다. 거친 목소리에 억양이 좋지 않은데다 말의 순서도 틀려 무슨 말을 하는지 쉽게 알아들을 수 없는 사람과 대화를 한다고 치자. 이런 경우라면 그의 성품과 진실성을 이해하려고 노력하는 것은 처음부터 불가능하다. 오히려 그가 하는 이야기조차 관심을 두지 않으려고 할 것이다.

반대로 정중하고 품위 있게 말하며 재치를 보여주는 사람은 말하는 내용이 정확히 전달되는 것은 물론 그의 인격에도 신뢰를 주게 될 것이다.

영국 사람들은 연설에 그리 익숙하지 않은 편이다. 그럴수록 너는 대화의 태도에 대해 깊이 생각해보아야 한다.

그나마 영국에서 가장 연설을 잘한다는 사람은 피트 씨와 스토마운트 경의 큰아버지인 사법 장관 뮤레이 씨다. 내 생각으로는 이 두 사람만이 의회가 과열됐을 때 논쟁을 진정시킬 수 있는 사람들이다. 이들이 의회에서 연설할 때면 연설과 관련되지 않은 잡음을 하나도 들을 수 없을 정도이다. 두 사람의 연설은 의원들을 조용히 시킬 뿐 아니라 의원들의 경청을 이끌어내는 힘이 느껴진다.

그렇다면 이들이 가지고 있는 힘은 어디서 나오는 것일까? 나는 내용이 훌륭하거나 정확한 논리적 근거를 제시해 설득력이 있기 때문일 것이라고 생각했다.

그런 어느 날 나는 그 두 사람의 연설에 대해 곰곰이 생각해보았다.

'나는 왜 그들의 연설에 매료당했는가? 그 사람들은 어떤 내용과 논리를 가지고 사람들을 설득시킬 수 있었는가?

그러나 놀랍게도 그런 것은 거의 없는 것이 분명했다. 나는 그 두 사람의 뛰어난 화술에 나도 모르게 설득 당하고 있었던 것이었다. 사람들은 연설에서 어떤 교훈을 얻는 것보다 그저 편하고 자연스럽게 듣기를 원하는 편이다. 또 교훈이라는 것이 원래 듣기 좋은 것은 아니다. 자신의 단점이나 결점을 확인하는 것이기 때문이다.

위선이 없는 논리적인 말은 말이 통하는 사람 몇 명이 모이는 장소에서나 개인적인 모임에서 설득력을 가질 수 있다. 나름대로 그런 언변이 매력이 있을 수도 있다. 그러나 대중을 상대로 하는 공식석상에서는 잘 통하지 않는다. 말하고 싶은 것을 아무런 가식 없이 논리적으로 이야기하는 것으로 충분히 전달할 수 있는 것은 아니기 때문이다. 그렇게 생각하고 있다면 잘못된 생각이다.

네가 정계에 진출할 생각이 있다면 더욱 그렇다. 대중들은 그 사람이 말하는 내용보다 그 사람의 화술이 어떠한지에 따라 그 사람을 평가하는 경향이 있기 때문이다.

따라서 말하는 사람의 분위기와 표정, 몸짓, 품위, 억양, 목소리와 같은 것들이 말하는 내용 못지않게 중요하다고 할 수 있다. 특히 연설이 사람들의 호응을 얻고 칭찬을 받기 위해서는 무엇보다 우선 목청이 좋아야 한다. 이것은 사적인 자리에서 사람들의 관심을 받기 위해 말할 때나 대중적인 자리에서 청중을 설득하고자 할 때 모두 해당된다.

참된 우정이란 뒤에서 보나 앞에서 보나 같은 것이다.
앞에서 보면 장미, 뒤에서 보면 가시와 같은 것은 아니다.

-룩카트-

정확하고 품위 있는 말이 설득력을 가진다

사람들의 마음을 사로잡는 배우들은
발음이 정확하고 어휘 역시 정확하게 사용한다.

말을 잘하는 사람이 되기 위해서는 어떻게 해야 할까? 어떻게 이야기할 때 설득력을 가질 수 있을까? 매사가 그렇지만 어떤 목표를 이루기 위해서는 우선 모든 노력을 쏟아부어야 한다. 말을 잘하는 사람이 되고 싶다면 그러한 목표를 설정하고 책을 읽고 문장 연습을 하는 노력을 기울이지 않으면 안 된다. 고전이든 현대 작품이든 웅변가의 작품을 읽고 어떻게 말을 잘할 수 있을지 연구해야 한다.

그러한 목적으로 책을 읽을 때는 문체와 어휘의 사용에 정신을 집중해야 한다. 조금 더 나은 표현이 있는 것은 아닌지 내가 직접 글을 쓴다면 어떻게 달라질 수 있을까를 생각하면서 읽는다면 더할 나위가 없을 것이다.

같은 의미의 어휘를 사용한다 하더라도 사람에 따라 표현이 달라질 수 있다. 표현이 달라지면 같은 내용이라도 전달되는 정도가 크게 차이가 있게 된다. 아무리 좋은 내용의 연설이라도 어휘의 사용이 잘못되었거나 문장에 품위가 없거나 문체가 정돈되지 않으면 전체적인 분위기를 유지할 수 없다. 그만큼 설득력이 떨어지기 마련이다.

다른 사람에 앞서가는 인재가 되기 위해서는 화술에 능하지 않으면 안 된다는 목표를 가져라. 그리고 일상에서 대화의 기술을 익혀야 한다. 무엇보다 정확하고 품위 있으며 겸손한 화술을 몸에 익히도록 해야 한다.

배우들이 대화하는 것을 눈여겨 관찰한 적이 있는지 모르겠다. 사람들의 마음을 사로잡는 배우들은 발음이 정확하고 어휘 역시 정확하게 사용한다.

말은 뜻을 전달하기 위해 하는 것이다. 따라서 뜻이 잘 전달되지 않거나 귀에 거슬리는 말투로 이야기하는 것은 말을 하고자 했던 본연의 취지에 어긋나는 것이다.

날마다 큰 소리로 책을 읽어라. 책을 읽을 때는 입을 크게 벌리고 하나하나 분명하게 발음해야 한다. 너무 빨리 읽거나 부정확하게 읽는 것에 주의하면서 말이다. 특히 하트 씨에게 들어달라고 부탁하는 것을 잊지 말아라. 하트 씨에게 부탁하면 말하면서 적절히 숨을 끊어 읽는 법, 강조해야 할 곳과 방법, 적절한 속도 등을 지적해줄 것이다.

혼자서 책을 읽을 때도 이러한 연습을 게을리하지 말아야 한다. 이때는 스스로 잘 듣는 훈련이 중요하다. 처음에는 천천히 읽으면서 말이 빨라지지 않도록 해야 한다. 말을 빨리 하게 되면 발음이 부적절해져서 알아듣기가 어렵게 된다. 발음하기 어려운 단어는 완벽하게 발음할 수 있을 때까지 몇 번이고 반복해서 연습해야 한다.

정확한 화술과 함께 꼭 필요한 것이 설득력을 갖춰 품위 있게 말하는 것이다.

시사성을 가진 몇 가지를 예로 들어 찬성 논리와 반대

논리를 머릿속으로 생각해보아라. 그리고 실제 논쟁을 벌이는 것처럼 연습하면서 품위를 갖추도록 어휘와 태도에 신경 써서 말해보아라. 군대를 예로 들어보자. 군대를 찬성하는 입장에서는 힘에는 힘으로 대응하는 것이 필요하다고 주장할 것이다. 하지만 반대하는 입장에서는 강대한 군사력이 오히려 주변국가에 위협을 줄 것이라는 우려를 전할 것이다. 이 두 의견을 조율해보면 군대는 본질적으로 나쁜 의도에서 만들어졌다 하더라도 상황에 따라 다른 나라의 침입을 방지하는 차원에서 필요악이라는 결론을 도출하게 될 것이다. 이렇게 여러 의견과 절충의견을 생각해냈다면 그것들을 품위 있는 문장으로 만들어보는 연습이 필요하다. 이 같은 방법은 토론을 위한 연습이기도 하지만 다양한 상황에서 품위 있고 설득력 있게 대처하는 사전 준비이기도 하다.

또한 대화에는 자신만의 스타일이 있어야 한다. 아무리 친한 사람에게 하는 말이라도 자신만의 스타일을 갖춰 말하는 것이 필요하다.

이를 위해 대화하기 전에 미리 점검하는 것이 중요하다.

또한 대화가 끝난 후에도 다른 방법이 있었는지 평가해보고 다른 경우를 가정해보는 것도 화술을 향상시키는 데 큰 도움이 될 것이다.

상대방을 과대평가해서는 사람을 제압하기 어렵다. 마찬가지로 연설에서 상대방을 끌어들여 매료시키기 위해서는 청중을 과대평가하지 않는 것이 중요하다.

처음 상원의원이 되었을 때 나는 쟁쟁하게 여겨졌던 의회 의원들에게서 일종의 위압감을 느꼈다. 그러나 의원들의 면면을 알고나자 그런 위압감은 봄눈 녹듯 사라져버렸다. 560명의 의원들 가운데 판단력이 뛰어난 사람은 기껏 30명 내외일 뿐이라는 것을 알게 됐기 때문이다. 따라서 품위 있고 차별화 된 연설을 듣기 원하는 사람들도 이들 30명 정도에 불과했다. 나머지는 그저 평범한 사람들이었다. 이들에게는 내용이 꽉 차지 않더라도 그리 나쁘지 않은 연설을 들려주는 것으로 충분했다.

이러한 것들을 깨닫게 되면서 연설을 하는 긴장감이 차츰 줄어들게 되었다. 시간이 지나면서는 청중을 의식하기보다는 말하는 내용과 나의 태도에 집중할 수 있게 되었다.

이제 나는 내용면에서도 충분히 뜻을 전할 수 있는 수준이 되었다고 네게 말해줄 수 있다.

좋은 연설을 위해서는 어떻게 하면 다른 사람들이 원하는 말을 할 수 있을지를 알아야 한다. 그것에 한 번 익숙해지게 되면 다음에는 쉽게 마련이다.

네가 청중을 만족시키는 연설을 하고 싶다면 청중이 원하는 방법을 쓰면 되는 것이다. 그렇다고 청중 개개인의 개성까지 맞춰 줄 수는 없는 것이다. 보이는 그대로의 상대를 향해 말하면 된다. 청중은 자신들이 편안하고 끌리는 것을 좋아하게 되어 있다. 프랑스 작가 라블레르만 보아도 그렇다. 그의 첫 작품은 사람들의 관심을 끌지 못했다. 나중에 독자들이 좋아하는 스타일의 〈가르강튀아〉와 〈팡타그뤼엘〉을 집필한 후 그는 비로소 독자들의 찬사를 받았다.

행복해지는 비결은, 쾌락을 위해서만 노력할 것이 아니라
노력 그 자체에서 쾌락을 발견하는 데 있다.

-지드-

글씨는 사람의 인격을 나타낸다

품위 없는 글씨는 시장의 부랑자처럼
하찮은 사람으로 평가받게 할 수도 있다.

지난번에 네가 사인한 것으로 되어 있는 90파운드짜리 청구서가 내게 도착했다. 그 청구서를 받아들고 나는 매우 언짢아졌다. 지불을 거절하고 싶은 생각도 들었다. 물론 청구서의 금액 때문은 아니었다. 대부분 이렇게 청구서가 날아들 때는 미리 편지를 통해 나에게 말해주는 것이 예의가 아닌가 싶다. 그런데 이 청구서에 대해 너는 내게 편지 한장 없더구나.

　정작 중요한 문제가 또 있다. 청구서에 네 서명이 어디에 있는지 도통 찾을 수가 없더구나. 청구서를 가지고 온 사람이 가리키는 곳을 돋보기로 들여다보고서야 네 서명이 구석에 박혀 있는 것을 알 수 있었다. 그 서명을 보고 나서도 실망스러운 것은 여전했다. 자세히 들여다보니 너의 서명이 분명했으나 어떻게 보면 글씨를 모르는 사람이 서명 대신 X표를 한 것처럼 보이기도 했다. 나는 지금까지 그렇게 작고 볼품없는 서명을 보지 못했다.

　신사라면 항상 같은 서명을 하는 것이 통상적이다. 그것은 사업체를 운영하거나 기업체에 몸담고 있는 사람도 마찬가지다. 항상 같은 서명을 하는 것은 위조를 방지하는 데 도움을 주고 개인적으로는 자신의 서명에 익숙해지게 된다. 같은 이유로 서명은 다른 글자보다 더 크게 쓴다. 이렇게 해서 위조된 서명은 곧 알아 볼 수 있게 된다. 그런데 네 서명은 다른 글자보다 작고 알아보기도 쉽지 않았다. 내각의 장관에게 이런 서명을 해서 편지를 보낸다면 일반적인 편지가 아니라 기밀문서라고 생각하고 암호 해독을 의뢰

할지도 모르겠다.

프랑스의 앙리 4세가 사랑의 편지를 보낼 때 자주 사용했던 방법처럼 병아리를 보내는 척하고 그 안에 이런 서명을 해서 편지를 숨겨 보낸다면 상대편 여인은 볼품없는 서명만으로도 그 사랑의 편지를 보낸 사람에 대해 보잘것없는 사람으로 판단하고 말 것이다.

너의 서명을 보면서 나는 네가 그것에 대해 변명할 수 있겠다 싶은 이유들을 생각해보았다. 너는 그 시간에 어떤 일에 당황하고 있었을지도 모르겠더구나. 하지만 당황해서 급하게 일을 처리하면 결국 일을 망치게 될 수 있다. 따라서 생각이 깊고 판단력이 있는 사람은 당황해서 일을 처리하지 않는다. 물론 서둘러서 처리할 일이 없는 것은 아니겠지만 이때에도 일이 대충 마무리되지 않도록 끝까지 관리해야 한다.

당황하는 것은 소심한 사람에게서 볼 수 있는 행동이다. 자신의 능력으로 주어진 일을 해결할 수 없다고 판단될 때 당황하게 되는 것이다. 사람이 당황하게 되면 사리분별 없이 헤매다가 결국에는 아무것도 정리하지 못하고 혼란스러워지고 만다. 당황하면 할수록 문제를 풀지 못하고 덤비기 때문에 일이 더욱 꼬이게 된다. 반면 사려 깊은 사람은 서두르더라도 냉정함을 잃지 않는다. 항상 침착하게 일을 처리하기 때문에 당황할 일도 없다. 이들은 한 가지 일을 끝내기 전에는 다른 일에 손을 대지 않는다.

네가 충분한 시간을 낼 수 없을 만큼 많이 바쁘다는 것은 나도 인정한다. 그렇다고 해서 어떤 일을 대충 마무리하는 것은 안 될 말이다. 오히려 일부는 완벽하게 하고 나머지는 남겨두는 편이 낫다. 서명도 역시 그렇다. 품위 없는 글씨는 너를 시장의 부랑자처럼 하찮은 사람으로 평가받게 할 수도 있다. 네가 그 당시 몹시 급했는지는 모르겠지만 그렇게 해서 벌었던 몇 초의 시간은 네게 도움이 되지 않는 것이다.

그 사람의 관심사를 살펴보면
그가 얼마나 가치 있는 사람인지 알 수 있다.

-아우렐리우스-

친구는 그 사람의 인격을 보여주는 거울이다

같이 있어서 즐거운 친구가
꼭 좋은 친구는 아니다.

이제 토리노에 자리를 잡고 학업 준비에 바쁘겠구나. 베네치아에서의 사육제 기분은 잊고 공부에 전념해주기를 바란다. 너는 지금 실력을 쌓고 학업을 이루어야 할 시기에 있다.

그런데 사실대로 이야기하면 너의 토리노 생활에 걱정이 앞선다. 내가 너의 성장을 위해 원칙적인 조언을 했던 지금까지와는 상황이 많이 다르다. 네가 지금까지 잘 해왔던 것들이 한꺼번에 무너지지 않을까 걱정스런 마음이다.

토리노의 네가 다니는 학교는 평판이 좋지 않은 영국 학생이 많다는 소문이다. 그들은 떼로 몰려다니면서 편을 가르고 난폭하고 무례한 행동을 한다고 들었다.

그런 행동이 그 집단 친구들 사이에서만 이뤄지면 그리 큰 문제가 안 될 수도 있지만 그들은 그것으로 만족하지 않는 듯하더구나. 다른 학생들도 그 집단에 들어야 한다고 강요하는 것으로 전해지고 있다. 더 우려스러운 점은 이들이 학생들을 회유하기도 한다는 것이다. 네가 여기에 말려들지 않도록 조심했으면 좋겠다.

젊은 사람들은 부탁을 받으면 거절하기가 쉽지 않은 것이 사실이다. 부탁을 거절하는 것이 예의에 어긋난다고 생각하기 때문이다. 거절했을 때 상대방에게 미안한 마음이 드는 것은 물론 경우에 따라서는 따돌림에 대한 우려도 있을 수 있다.

부탁을 잘 들어주는 것 자체가 나쁜 것은 아니다. 상대방의 부탁을 들어주는 것은 상대가 좋은 사람이라면 꼭 필요한 도움을 줄 수 있고, 따라서 자신의 만족감도 높아질 수 있다. 반면 상대의 의도가 회유 차원이라면 결국 상대방에게 끌려다니는 결과를 낳게 된다.

너의 학교에는 여러 부류의 학생들이 있을 것이다. 그들 모두와 친해지고 친구가 될 수 있다고 생각하는 것은 잘못이다. 그것은 자만심일 수도 있다. 진정한 우정은 쉽게 얻어지는 것이 아니기 때문이다. 오랜 시간을 갖고 서로를 이해해야 참다운 우정이 형성되는 것이다.

우정 중에서는 젊은이들에게 특히 많은 허울뿐인 우정도 있기 마련이다. 이 우정은 우연히 알게 된 사람 몇몇이 같이 어울려 다니거나 놀이에 깊이 빠졌을 때 만들어진다. 더구나 술과 여자, 도박으로 만들어진 관계를 우정이라고 한다면 한심하기 짝이 없는 일이다.

이런 우정은 즉흥적이어서 쉽게 뭉쳤다가 또 쉽게 식어버린다. 그들은 우정을 앞세워 돈을 빌리고 친구를 위한다며 패싸움을 한다. 그러다가 어떠한 시점이나 사건을 계기로 사이가 벌어지게 되면 그들은 언제 서로에게 우정이 있었냐는 듯 상대방을 감정적으로 대하기도 한다. 한번 사이가 멀어진 이들이 상대방을 배려해주는 일은 결코 없다.

여기서 짚고 넘어가야 할 것은 우정을 나누는 친구와 그저 같이 어울려 즐기는 동료는 다르다는 것이다. 같이 있어서 즐거운 친구가 꼭 좋은 친구는 아니다. 이 경우 오히려 친구로서는 적합하지 않은 사람일 수도 있다. '네가 누구와 가깝게 지내고 있는지 알면 네가 어떤 사람인지 알 수 있다'는 스페인 속담이 있다. 어떤 친구를 사귀느냐에 따라 그 사람의 인격이 크게 좌우된다는 것을 반증하는 말이다.

너에게 어떤 결점이 있다면 너의 결점만으로 충분하다. 다른 사람의 결점까지 따라 행동하다가 결점을 늘리는 것은 위험한 일이 아닐 수 없다. 또 도덕적인 문제가 있는 친구를 가진 사람은 그 역시 좋지 않은 사람으로 낙인찍힐 수 있다.

그렇더라도 도덕적인 문제가 있는 사람을 대할 때 상대방이 눈치 채지 못하도록 피하는 것은 당연하지만 정도 이상으로 그 사람을 쌀쌀맞게 대함으로써 적을 만들 필요도 없다. 친구가 되고 싶지 않은 사람 모두를 이와 같이 적으로 만드는 것은 어리석은 일이다.

그저 친구도 아니고 적도 아닌 중간자로 남아있는 입장을 취하는 것이 현명하다. 어떤 사람의 잘못은 미워하되 그 사람까지 적대시하지 않도록 해야 한다. 그들이 적이 되는 것이 친구가 되는 것보다는 낫겠지만 결국 너에게 이득이 될 것이 없다. 때로 적의를 품은 그들이 너에게 좋지 않은 일을 꾸밀 수도 있으니까 말이다.

세상만사를 현명하게 판단하는 사람은 그리 많지 않다. 일부는 마음을 굳게 걸어 잠금으로써, 또 일부는 알고 있는 것, 생각하고 있는 것을 모두 꺼내놓음으로써 쉽게 적을 만든다.

따라서 판단력이 있는 것처럼 자만해서 다른 사람을 도마 위에 올리는 것은 옳지 않은 행동이다. 상대방에게 불쾌감을 주고, 더 나아가 적대감을 갖게 할 수 있다. 상대방이 누구라 하더라도 말해서 좋은 것과 좋지 않은 것, 해서 좋은 것과 좋지 않은 것을 판단해 자신을 억제하는 것이 사람 관계에서 무엇보다 중요한 것이다.

친구는 나를 발전시켜주는 가장 큰 재산이다

사람은 사귀는 친구에 따라
가치가 올라가기도 하고 내려가기도 한다.

너는 너보다 우수한 사람들과 사귀는 것이 좋다. 우수하고 뛰어난 사람들, 훌륭한 사람들과 교제하다 보면 자신도 모르게 그 사람들과 마찬가지로 우수한 사람이 되어간다. 반면 너보다 수준이 못한 사람과 어울리다 보면 그 수준에 맞는 사람이 되고 만다. 네가 만나는 사람에 따라 너를 판단할 수 있는 것과 마찬가지다.

여기서 내가 말한 훌륭한 사람은 집안이 좋거나 지위가 높은 사람을 말하는 것이 아니다. 훌륭한 사람이라면 사회의 주류에 속해 다른 사람을 이끌 수 있는 다재다능한 사람이 있는가 하면 학문, 예술 등 특정 분야에서 두각을 나타내는 사람이 있을 수 있다.

또한 훌륭한 사람이란 자신이 스스로 그렇게 인정하는 사람이 아니라 다른 사람이 그렇다고 인정하는 사람이다. 그렇다고 해서 네가 이처럼 훌륭한 사람들만을 대상으로 해서 교우관계를 가져야 하는 것은 아니다. 오히려 몇몇 예외적인 친구들을 사귀는 것은 중요한 일이다.

다양한 생각과 다양한 인격을 가진 사람들을 관찰하고, 사귀는 것은 즐겁고 유익한 일이 될 것이다. 따라서 실제로 교제하기에 좋은 단체는 특정 계층의 사람들끼리 모여있는 집단이 아니라 다양한 사람이 있는 집단일 수 있다. 그 집단의 구성원은 다른 사람의 소개를 받아 억지로 가입했거나 다른 사람의 의사와 상관없이 스스로 들어온 사람도 있을 것이다. 분명한 것은 이러한 단체라 하더라도 주류는 훌륭한 사람들이라는 점이다. 인격에 문제가 있는 사람은 주류사회에서 인정받을 수 없는 것이다.

이와는 반대의 경우도 있다. 신분이 높은 사람들만의 모임이 그렇고, 학식이 풍부한 사람들만의 단체도 마찬가지다. 신분이 높은 사람들 중에는 머리가 비었거나 기본적인 예의도 갖추지 않은 사람이 다수 포함되어 있다. 다만 이런 단체들이 그 지역에서 훌륭하다고 인정받고 있다면 충분히 교제할 가치가 있을 것이다.

또 학식만 풍부한 사람들은 세상 사람들로부터 일정 부분 존경을 받고 있음에도 불구하고 상대방의 마음을 편하게 해주는 데 한계를 가지고 있다. 앞서 말했듯 그들은 세상 물정에 어둡기 때문이다. 네가 능력을 발휘하거나 우연한 기회에 이런 모임에 들어간다면 가끔 얼굴을 내미는 것으로만 교제를 이어가면 된다. 아마도 네 평판이 올라가게 될 것이다. 그러나 그 모임에 빠져들면 이야기가 달라진다. 너는 세상물정도 모르는 학자들과 같은 부류로 알려져 사람들의 따돌림을 받게 될지도 모른다.

너도 그런지 모르겠다만 많은 젊은이들은 재치가 넘치는 사람이나 시인과 사귀고 싶어 한다. 또 그들에게 관심을 집중한다. 재치가 있는 사람은 그들과 만나는 것이 즐거울 것이다. 비록 재치가 없는 사람이라도 인기 있는 그들과 사귄다는 것은 자랑거리가 될 수 있을 것이다. 네가 그런 사람들과 사귀는 것이 문제될 것은 없겠지만 그렇다고 해도 너무 깊이 빠져들 필요는 없다. 판단력을 잃지 않으면서 적당히 사귀는 것이 좋겠다.

재치 있는 사람이 모든 사람에게 호감을 주는 것은 아니다. 때로는 다른 사람에게 위압감을 주기도 한다. 일반적으로 다른 사람들의 눈길을 끌고 있을 때는 재치를 두려워해야 한다. 이것은 사람들이 총을 보고 두려워하는 것과 같다. 저절로 안전장치가 풀려 총알이 자신을 향해 돌아올 수도 있는 것이다. 그럼에도 불구하고 재치 있는 사람들과 사귀는 것은 즐겁고도 의미를 찾을 수 있는 일이 될 것이다. 그 즐거움을 위해 다른 사람들과의 만남을 자제하고 그런 사람들만 만나는 것이 아니라면 말이다.

끝으로 반드시 지켜져야 할 것은 수준이 낮은 사람들과 교제하는 것을 피해야 한다는 것이다. 덕이 부족하고 지적 수준이 낮은 사람들은 스스로 내세울 만한 것이 없기 때문에 너와 교제하는 것을 자랑하고 다닐 것이다. 항상 그런 것은 아니지만 때로는 사회적 지위가 낮은 사람들도 그럴 수 있다. 그 사람들은 너를 곁에 두기 위해 너의 단점마저도 칭찬할 것이다. 따라서 그런 사람들과 사귀는 것은 너를 해칠 수 있다. 너무 당연한 것이라고 생각할지 모르겠다만 이런 것까지도 세심하게 배려하지 않으면 안 되기 때문에 말해주는 것이다. 다시 한번 이야기하지만 네가 절대 수준이 낮은 사람들과 사귀지 않았으면 한다. 덕이 있고 판단력이 좋은 사람이 그러한 사람들과 만나면서 스스로 신용을 떨어뜨리고 자신의 가치를 낮추는 일을 종종 보았단다.

많은 경우 이러한 관계를 유지하는 것은 허영심 때문이다. 사람은 누구나 집단 내에서 최고가 되기를 원하는 마음이 있다. 다른 사람들로부터 칭찬과 존경을 바라고, 다른 한편으로 다른 사람들을 휘어잡고 싶은 욕구도 있게 마련이다. 마찬가지로 사람은 허영심 때문에 나쁜 일이나 어리석은 행동을 하게 되는 것이다. 그런 사소한 칭찬을 받기 위해 자질이 낮은 사람들과 사귀는 것이 좋은 결과를 가져올 수는 없을 것이다.

　오래지 않아 자신도 그들과 같은 수준으로 전락하게 되고, 우수하고 훌륭한 사람들과 사귀려고 해도 이미 그들을 상대할 수 없을 정도로 능력은 뒤처지게 될 것이다.

　사람은 사귀는 친구에 따라 가치가 올라가기도 하고 내려가기도 한다. 곧 사람들은 네가 만나는 사람들에 따라 너를 평가하고 있는 것이다.

침묵 다음으로 표현할 수 없는 것을 표현하는 것은
음악이다.

-알프레드 윌리암 헌트-

실수는 부끄러운 것이 아니다

용기와 끈기 있는
노력만 있으면 된다.

내가 처음 사교장에 갔을 때의 기억이 지금도 생생하구나. 물론 그 사교장에는 훌륭하고 멋진 사람들로 가득했다. 그때까지 케임브리지의 학생티를 벗지 못했던 나는 저명한 사람들을 소개받자 눈이 휘둥그레지고 위압감이 들었다. 심지어 몸이 얼어붙어 제대로 서 있을 수도 없을 지경이었다. 마음속으로는 우아하고 차분하게 행동하자고 수 없이 다짐했지만 몸은 따로 놀고 있었다. 누가 말을 걸어왔을 때 제대로 대답할 수 없었고, 용기를 내 누군가에게 말을 걸 생각도 하지 못했다. 곁에 있는 사람들이 귓속말하는 것을 보면 내 이야기를 하고 있는 것 같았고, 자리에 참석한 사람들 모두가 신참내기인 나를 비웃는 듯했다. 지금 생각해보면 그 사람들은 나 같은 사람에게 눈길 한번 주지 않았을 것 같은데도 말이다. 나는 마침내 감옥에 갇힌 죄수와 같은 심정이 되었다. 눈앞에 있는 저명한 사람들과 친분을 맺고 나를 성장시키겠다는 의지가 없었다면 그 자리에서 달아나버렸을지도 모른다.

나는 필사적으로 그 사람들과 어울려야만 한다고 생각했고 결국 나는 그 자리에 남아 있었다. 그렇게 결심하고 나자 마음이 오히려 편해지기 시작했다. 조금 전의 뻣뻣한 모습도 더 이상 남아 있지 않았다. 누가 말을 걸어왔을 때도 가볍게 대답할 수 있게 되었다.

사람들은 그런 나에게 너그러웠다. 내가 어려워하는 것을 알았는지 잠시 시간을 내 나에게로 와서 말을 걸어주기도 했다. 그런 사람들은 구세주와 다름이 없었다.

나는 더욱 용기를 갖게 되었고 마침내 품위가 있어 보이는 한 부인 곁으로 다가가 인사했다.

"오늘 날씨가 참 좋군요."

그 부인은 역시 품위 있게 대답했다.

"그래요, 정말 그렇군요."

그것뿐이었다. 용기를 내서 말을 건네기는 했지만 더 이상 할 말을 찾지 못해 대화는 중단됐다. 잠시 침묵이 흐른 후 그 부인이 말했다.

"제게 말을 건네는 데 많은 용기를 냈다는 것을 알고 있어요. 그리 긴장할 것 없답니다. 조금 어렵더라도 이곳에 있는 사람들과 사귀는 것을 포기하면 안 돼요. 다른 사람들도 당신이 노력하고 있다는 것을 알고 있어요. 그 노력과 용기가 중요한 것이죠. 이후에는 방법을 익히는 것뿐이에요. 조금 교육을 받게 되면 오래지 않아 이런 자리를 잘 소화해낼 수 있을 거예요. 원한다면 제가 교육을 시켜드리죠. 그리고 사람들을 소개해줄 수도 있어요."

이 말을 듣고 내가 얼마나 기뻤는지 너는 모를 것이다. 그런데 그 부인이 즉시 사람들에게 나를 소개했다.

"여러분, 내가 이 젊은 사람을 교육시키게 됐어요. 그도 기쁘게 받아들였답니다. 이 사람은 아마도 내가 마음에 들었을 것입니다. 조금 긴장한 듯하면서도 내 곁으로 와서 용기를 내 말을 걸었거든요. 여러분이 도와주세요. 우리가 이 젊은 사람을 멋진 일원으로 만들어주어요. 이 사람은 보고 배울 상대가 필요하답니다."

다른 사람들이 흐뭇한 표정을 짓고 있었지만 나는 그 자리에서 벌어지고 있는 일을 믿을 수 없었다. 그 부인이 진심으로 나를 위하는 것인지조차 확실하지 않았다. '나를 놀리는 것이 아닌가?' 하는 생각이 들기도 했다.

지금은 잘 알고 있다. 그 부인도 그렇지만 그 자리에 있었던 사람들 모두 나를 친절하게 대해주었다는 것을 말이다. 나는 점점 자신감이 더해져 이후에는 사교장에서 우아하게 행동할 수 있게 되었다. 좋은 대상을 보면 흉내를 낼 수 있게 되었고, 거기에 내 나름의 기교도 더해 품위를 갖추게 되었다. 너 역시 다른 사람에게서 호감을 받고 싶다면 그것은 그리 어려운 일이 아니다. 용기와 끈기 있는 노력만 있으면 된다.

무모함은 버리고 신중함을 더해라

중요한 것은 불가능한 것과 가능한 것을
일찍 구별해내는 능력이다.

젊은 날에는 세상 모든 일에 있어 본질을 이해하기 어렵기 마련이다. 따라서 보고 듣는 모든 것을 과대포장할 수 있다. 사물을 알면 알수록 평가는 떨어지게 되는 것이다. 사람도 마찬가지다. 사람은 네가 아는 것처럼 지적이고 이성적인 동물이 아니다. 감정에 쉽게 흔들리고, 따라서 쉽게 무너지는 나약한 존재인 것이다. 유능하다는 것이 어떤 절대치를 가진 평가는 아니다. 유능하다는 것은 다른 사람과 비교했을 때 상대적으로 우위를 갖고 있다는 말이다. 또 그만큼 다른 사람에 비해 단점이나 결함이 적다는 것을 뜻하기도 한다.

유능한 사람은 자신을 잘 제어하고 결점을 줄임으로써 다른 사람들을 쉽게 다루는 능력을 보인다. 이런 경우 다른 사람들을 다루는 데 이성적인 면에서 호소하는 것은 현명하지 못한 것이다. 감정에 호소함으로써 쉽게 사람들을 사로잡는 것이다. 이러한 방법은 거의 실패가 없다. 하지만 역사상 유능한 사람들에게도 결점은 있었다.

로마의 브루투스는 마케도니아에서 도둑질과 마찬가지의 행동을 했다. 프랑스의 리슐리외 추기경도 자신의 시적 재능을 인정받기 위해 소심하게 행동했다. 말버러 공작도 마찬가지로 인색한 면을 자주 보여주곤 했다. 언젠가 너 스스로 인간이 어떤 존재인지를 알게 될 날이 오겠지만 그렇게 되기까지 라 로슈푸코의 〈격언집〉을 읽어보도록 해라. 이 책만큼 사람의 모습을 있는 그대로 묘사하고 있는 책은 없을 것이라고 본다. 이 책을 매일 조금씩 읽어보아라. 그러면 인간을 필요 이상으로 과대평가하는 일은 없게 될 것이다. 그렇다고 그 책이 지나치게 인간을 과소평가하는 것도 아니다.

젊은 날의 무모함에 대해 말을 해보자. 네 나이의 젊은이들은 에너지가 넘쳐흐르기 마련이다. 때로는 무모하게 비쳐질 수도 있다. 길을 찾아주지 않으면 어디로 갈지 알 수 없고 자칫하면 도중에 넘어져 쓰러질 수도 있다.

이런 젊은 날의 무모함이 비판받는 것은 아니다. 특히 쾌활하고 밝다는 것은 큰 장점이다. 무모함에 신중함과 조심스러움이 더해진다면 좋은 성과를 얻게 될 것이다. 조금은 들뜬 마음을 다스리고 과감히 세상 속으로 들어가라. 젊은이의 밝고 활발한 모습은 사람들에게 호감을 줄 것이다.

사람은 뛰어난 사람들 가운데서 자신이 조금 못하다는 생각을 하게 되면 다른 사람들이 자신을 뚫어지게 보고 있는 것 같은 생각을 하게 된다. 남들이 귓속말을 하게 되면 자신을 흉보는 것 같고 웃고 있으면 비웃는 것처럼 생각하는 것이다. 말하는 대상이 분명하지 않은 경우에는 그것을 억지로 자신에게 꿰어 맞춰 자기를 두고 말한 것이라고 짐작해버리기도 한다. 스크라브의 〈계략〉에 "저렇게 큰 목소리로 웃고 있는 것을 보니 나를 보고 웃는 것이 분명해"라는 표현이 있다. 때로 이런 느낌은 좌절을 줄 수도 있다. 하지만 우수한 사람들 사이에서 느끼는 실패나 좌절이 나쁜 것만은 아니다. 그런 과정을 겪으면서 점차 세련되어지는 것이기 때문이다.

너의 무모함에 신중함을 더하기 위해 네가 가장 친하게 지내는 사람 몇 명에게 너의 무례함을 지적해 달라고 부탁해보아라. 그 결과 그들 중 누군가에게 어떤 지적을 받았을 때는 진심 어린 감사를 표해야 한다. 그것은 우정의 증거라고 생각해도 좋다.

자신의 단점을 알고 상대방의 호의적인 지적을 수용하게 되면 다른 사람도 너를 다시 평가할 것이다. 또 다른 사람들에게 그것이 너의 장점으로 소개될 수도 있다. 그러면 더 많은 사람들이 너에게 충고를 해줄 것이며, 너는 그러한 충고들을 통해 너 자신을 가다듬을 수 있게 될 것이다. 마침내 너는 어느 상황을 맞아서도 슬기롭게 대처할 수 있게 될 것이고, 만나는 상대에 따라 적절한 대응을 하는 뛰어난 사람으로 성장하게 될 것이다.

　또한 누군가를 만날 때는 만나게 될 사람들의 성격과 그가 살아가는 환경을 미리 알아보는 신중함이 큰 도움이 된다. 계획하지 않았던 말을 줄일 수 있고, 짐작해서 말함으로써 나타나는 실수를 방지할 수 있을 것이다. 그야말로 무모하고 준비되지 않은 짐작은 때로 다른 사람을 화나게 하거나 상처를 줄 수 있다. 네가 만나는 사람들이 반드시 착한 것만은 아닐 것이다. 오히려 나쁜 사람이 더 많을 수도 있다. 남의 잘못을 떠들고 비난하기 좋아하는 사람도 있고, 비판을 받아도 마땅한 사람도 있을 것이다. 그런 사람들과 같이 하게 될 때는 대부분의 사람들에게 공통적으로 해당되는 것을 찾아서 칭찬해 주거라. 그것이 아무리 일반적인 내용이라고 해도 사람은 칭찬에 기뻐하기 마련이다.

적당한 허영심은 능력 발휘에 자극제가 된다

무모함에 신중함과 조심스러움이 더해진다면
좋은 성과를 얻게 될 것이다.

나는 지금껏 너에게 무엇을 숨기고 말하지 않았다. 그것
이 좋은 것이든 나쁜 것이든 마찬가지였다. 앞으로도 역시
나는 나의 결점까지도 너에게 숨기지 않고 말해줄 작정이
다. 나는 사람들이 결점이라고 말하는 허영심이 많은 사람
이었다. 하지만 나는 허영심을 나쁘게 생각해본 적이 없다.
오히려 허영심이 있어서 다행이라는 생각이다. 내게 칭찬받을 만한 무엇이 있다면 그것은 허영심이 나를 부추겼기 때문이라고 생각한다.

허영심을 달리 표현하면 다른 사람에게 칭찬받고 싶은 마음이다. 어느 시대나 사람들은 허영심을 가지고 있기 마련이다. 때로는 허영심 때문에 어리석은 결정을 하기도 하지만 대부분은 자신의 발전으로 이어진다. 따라서 허영심은 잘 가꾸어 만들 필요가 있다. 또 다른 사람에게 칭찬받고자 하는 생각이 발전적인 방향으로 작용해야 한다.

다른 사람에게 칭찬받고 싶은 마음이 없으면 사람들은 어떤 일에도 의지를 보이지 않을 것이다. 결국 무기력증으로 능력을 발휘할 기회를 잃게 될 것이다. 반면 허영심이 강한 사람은 자신의 실력 이상으로 보이기 위해 열심히 노력할 것이고, 그것이 실제 실력을 키우는 길이 될 수 있다.

나는 강한 성취욕을 가지고 세상에 나섰다. 무슨 일이 있더라도 세상에서 인정받아야 한다고 굳게 결심했었다. 때문에 때로는 어리석은 행동을 하기도 했지만 많은 일을 의욕적이고 현명하게 처리할 수 있었다. 나는 친구들 중에서도 그 누구보다 훌륭하게 되겠다고 마음먹었다. 누구보다 앞서가겠다는 생각은 나를 가장 우수하게 만들지는 않았더라도 2등, 3등은 가능하게 했다. 결국 나는 소집단 중 출중한 사람이 될 수 있었다. 사람들은 나를 초대하기를 원했고, 나는 초대받은 장소의 분위기를 이끌었다. 또 나의 행동은 옳은 것으로 받아들여졌고 내 행동 하나하나가 사람들의 관심을 끌었다. 내 행동은 유행이 되어 사람들이 나를 흉내 내는 일도 잦아졌다. 나는 사람을 대하게 되면 바다의 신 프로테우스처럼 변신했다. 명랑한 사람들 가운데서는 쾌활하게 행동했고, 위엄이 있는 자리에서는 근엄하고 품위 있게 행동했다. 사람들이 내게 호의를 베풀거나 친구들이 내게 도움을 주었을 때는 감사하는 마음을 전하기 위해 애썼다. 이런 부분들이 쌓이며 나는 곧 유명인사를 비롯한 다양한 계층의 사람들과 친분을 맺게 되었다.

철학자는 허영심을 '사람이 가진 천한 마음'이라고 폄훼한다. 그러나 나는 동의하지 않는다. 지금 말했던 것처럼 허영심이 지금의 나를 있게 했다고 생각하기 때문이다. 너역시 나와 마찬가지로 허영심을 가졌으면 하는 바람이다. 허영심은 곧 성공에의 지름길일 수 있다.

능력은 할 수 있다는 믿음에서 발휘된다

본질과 관계없는 것을 자랑하는 것은
스스로 자랑할 것이 없다고 떠드는 것과 마찬가지다.

얼마 전 로마에서 돌아온 사람이 네 칭찬을 하는 것을
들었다. 너만큼 로마에서 관심을 얻은 사람은 없다고 하더
구나. 이 말을 듣고 내가 얼마나 기뻤는지 모른다. 나는 네
가 파리에서도 마찬가지로 사람들의 관심을 받을 수 있을
것이라고 생각하고 있다.

다행히도 파리 사람들은 원래 친절한 데다 다른 나라에

서 온 사람들에게 더욱 따뜻하게 대한단다. 더욱이 예의가 바르고 마음이 따뜻한 사람은 더할 나위가 없을 것이다. 너는 그들의 호의를 고맙게 받아들이는 대신 프랑스와 파리를 사랑한다는 것과 그들의 온정에 감사하고 있다는 것을 표현해야 한다. 그들은 그것으로 충분히 기뻐할 것이다.

다만 그러한 표현을 직접 말로 하는 것보다는 그렇게 생각하고 있다는 것을 행동과 사람들을 대하는 태도에서 보여주는 것이 중요하다. 나는 그렇게 하는 것이 너에게 호의를 베풀어 준 사람들에 대한 최소한의 예의라고 생각한다. 나 또한 다른 어느 나라에서 예기치 않았던 온정과 도움을 받는다면 기꺼이 그에 감사할 것이다.

네가 파리에서 머물 곳은 이미 정해 놓았다. 너는 학교 기숙사에 들어가게 될 것이다. 나는 네가 기숙사에 머무는 것을 기뻐해야 한다고 생각한다. 다른 나라의 기숙사에 몇 달 동안 거주한다는 것은 행운이자 혜택이다. 통학의 문제만은 아니다. 기숙사에 들어가는 돈은 호텔이나 다른 거처에 비해 상대적으로 저렴해 경제적으로도 도움이 될 것이다. 하지만 내가 말하고자 하는 것은 이런 것들이 아니다.

　기숙사에 있으면서 너는 파리 상류 사회의 젊은 친구들과 친분을 가질 수 있는 기회가 많아질 것이다. 또 그들과 함께 너는 파리 사교계에 발을 들일 수 있게 될 것이다. 너는 그들 덕분에 자연스럽게 사교계의 일원으로 받아들여질 것임에 틀림이 없다.

　또 너는 완벽한 프랑스어를 구사하는 만큼 다른 사람보다 프랑스 사회에 익숙해지는 데 수월할 것이다. 너는 그저 파리에서의 생활을 보람차게 보내기만 하면 되는 것이다.

　안타깝게도 프랑스로 유학한 영국의 젊은이들은 너와 같은 행운을 누리지 못하고 있다. 그들은 우선 프랑스어에 익숙하지 못하다. 또 사람들과 사귀는 데 익숙하지 않기 때문에 이국의 젊은이들과 잘 어울리지도 못한다. 언어에도 익숙하지 못하고 좋은 친구들도 알지 못하면서 프랑스 사회에 적응한다는 것은 처음부터 무리일지도 모른다.

　따라서 그들은 새로운 사회에 적응하지 못해 영국 학생들끼리 어울려 다니거나 수준 이하의 사람들을 만나는 데 만족하고 만다. 이들에게는 나는 할 수 없다는 자포자기 심리가 더 큰 문제이다. 할 수 있다는 자기최면이 있으면 세상에 못할 것은 그리 많지 않은 것이다.

특별히 능력이 뛰어나지 않은 사람이 출세하는 경우를 너도 종종 보게 될 것이다. 교양이 뛰어나거나 품위가 있는 것도 아닌데 말이다. 나는 그런 사람들을 잘 안다. 그들은 다른 사람에게서 좀처럼 배척을 받지 않는다. 그리고 결코 포기하는 일이 없다. 혹시 힘든 일이 있거나 뜻이 꺾이더라도 두 번, 세 번 도전해서 끝내는 목표한 바를 이루고야 마는 것이다. 이런 성공이야말로 의미가 있는 것이다.

너도 이런 사람들의 생각을 배웠으면 하는 바람이다. 그렇게 된다면 너는 인격과 교양을 갖추었기 때문에 이런 사람들보다 더 빨리, 더 많은 것을 성취할 수 있을 것이다.

세상이 네게 원하는 능력을 갖추는 것은 어렵지만 꼭 해야 하는 일이다. 뚜렷한 목표와 의지를 갖고 부딪히면 결코 어려운 일은 아니다. 다른 사람에게 피해를 주는 경우가 아니라면 수단과 방법을 가리지 않는 적극적인 자세도 필요하다. 넘어지면 다시 시도해야 하며, 그 과정에서 적절한 방법을 찾아내야 한다.

종전협정으로 프랑스의 마자랭 추기경과 피레네 조약을

체결한 스페인의 돈 루이 드 알로가 바로 이런 사람이다. 돈 루이 드 알로는 냉철함과 인내력을 갖고 마자랭과의 교섭에 응했다. 반면 마자랭은 명쾌했으나 성급한 성격을 억제할 수 없었다. 마자랭은 협상 테이블에 앉았으나 파리의 정치상황이 걱정이 되어 견딜 수가 없었다. 정적인 콩테 공이 반란을 일으킬 수도 있는 일이었기 때문이었다. 따라서 마자랭은 서둘러 협상을 마무리 짓고 돌아가고 싶었다.

돈 루이 드 알로는 마자랭의 속내를 알고 있었다. 그는 협상 때마다 콩테 공의 이야기를 꺼냈다. 마자랭은 점차 애가 달아 협상에 제대로 임할 수조차 없었다. 마침내 피레네 조약은 마자랭이나 프랑스 왕조의 의향과는 다른 방향으로 체결되고 말았다. 냉철함으로 끈기 있게 승부한 돈 루이 드 알로의 의지가 통한 것이었다.

여기서 중요한 것은 불가능한 것과 가능한 것을 일찍 구별해내는 능력이다. 지금 당장 어려울 뿐 절대로 불가능한 일이 아니라면 끝까지 해보겠다는 의지가 무엇보다 중요하게 작용하는 것이다. 끈기와 함께 집중력이 필요한 것은 물론이다.

말이 많으면 결점이 드러난다

대부분 허영심은 자신의 발전으로 이어진다.
따라서 허영심은 잘 가꾸어 만들 필요가 있다.

나는 네가 어떤 사람들과 사귀어야 하는지 여러 번 말해주었다. 이제는 그런 사람들과 사귀기 위한 방법을 말해볼까 한다. 이 또한 나의 경험을 토대로 말하는 것이니 새겨들어주었으면 좋겠다.

우선 너는 좋은 사람을 만나기 위해 다른 사람들을 기쁘게 해주려는 마음가짐이 되어 있어야 한다. 네가 그런 마음을 갖지 않는다면 너의 노력에도 불구하고 좋은 사람과 각별한 관계를 맺는 데 한계를 갖게 될 것이다.

언젠가 네가 스위스에 갔을 때 정성 어린 환대를 받았다며 내게 편지를 보내왔던 일을 기억하는지 모르겠구나. 그때 나는 너를 잘 대해준 사람들에게 감사의 편지를 써서 보냈다. 그리고 너에게도 다른 한 통의 편지를 써서 보낸 바 있다.

네게 마음을 써 준 것이 그렇게 고마웠다면 너도 다른 사람에게 친절하게 대하라는 내용이었다. 나는 네게 진심에서 우러나는 마음으로 상대방을 대하면 그 사람도 기뻐하게 될 것이라고 조언했던 것으로 기억하고 있다.

사람은 사랑하는 사람이나 존경하는 사람에 대해 걱정하고 저절로 우러나는 마음에서 기쁘게 해주고자 하는 마음을 갖고 있다. 친구를 사귀는 데 가장 큰 기준은 바로 다른 사람을 진심으로 대하는 태도인 것이다. 이런 마음가짐이 선행되고 나면 적절한 말과 행동이 자연스럽게 뒤따르게 된다.

상대에 따라 다르겠지만 다른 사람을 기쁘게 하겠다는

생각은 누구나 갖고 있다. 그러나 실제로 다른 사람이 기뻐하는 행동을 하는 사람은 많지 않다. 너는 사람들을 기쁘게하는 방법을 알아두는 것이 좋다. 네가 기분이 좋아지는 배려를 받았다면 다른 사람에게도 똑같이 해주면 되는 것이다. 다른 특별한 방법이 있는 것은 아니다.

네가 어떤 대우를 받았을 때 네가 기뻤었는지 잘 생각해보아라. 그것을 생각하고 행동하면 된다. 그 사람은 분명히 너의 행동에 기뻐하게 될 것이다.

다른 사람을 잘 사귀기 위해서는 대화 방법에도 유의해야 한다. 특히 대화에 있어서 절대 피해야 할 것이 있으니 바로 자기 자신에 대해 이야기하는 것이다. 현명한 사람이라 하더라도 자신의 이야기를 하다보면 허영심 또는 자존심이 불거져 다른 사람들을 불쾌하게 할 수 있다.

자기 자신의 이야기에는 여러 종류가 있다. 우선 대화 내용과 전혀 관계가 없는 자기 이야기를 늘어놓고 결국 자기자랑을 하는 경우가 있을 수 있다. 이것은 다른 사람에게 실례가 된다. 이와는 달리 자신이 어려운 상황에 처한 것처럼 행동하면서 자신의 장점을 늘어놓고 자신이 그럴 처지에 있어서는 안 된다고 항변하는 경우도 있다. 이 역시 자기자랑이라는 점에서는 마찬가지다.

이들은 긍정적 측면의 허영심을 위해서가 아니라 그야말로 자기 만족의 허영심을 위해 겸손함과 담을 쌓는 것이다.

사람을 어렵게 하는 것 중 또 다른 한 가지는 자기 자신을 비하하는 방법이다. 그들도 역시 자신의 어려운 상황을 늘어놓고 자신의 불행을 탄식한다. 이들은 자신의 나약함을 핑계 삼아 다른 사람들의 동정을 끌어보려고 한다. 그러나 주위 사람들은 그를 도와줄 방법이 없는 것이다.

이처럼 자신을 비하하는 사람들도 주위 사람들의 도움으로 곤경에서 헤어나지 못할 것이라는 사실을 알고 있다. 그러나 이들은 습관을 고치지 못하고 계속해서 반복하는 것이다.

그래도 이와 같이 허영심이나 자존심이 노골적으로 드러나지 않는 것은 나은 편이다. 심한 사람은 하찮은 것을 자랑하며 자신을 내세우기도 한다. 너도 별것 아닌 것을 가지고 자기 자랑을 늘어놓는 사람을 자주 만났을 것이다. 그러나 이들이 내세우는 이유로 칭찬을 받는 것은 사실상 어려운 일이다.

이를테면 자신이 어떤 집안의 자손이고 누구의 친척이라거나 누구와 잘 아는 사이라는 것들이 그런 것이다. 이런 경우 사실관계를 확인하면 그 사람과 그가 지목한 누군가와는 잘 알지 못하는 사이일 가능성이 높다. 설사 그것이 사실이라고 하더라도 역시나 그 사람이 칭찬받거나 존경받을 사안은 아니다.

또 어떤 사람은 술이 세다며 전날 마신 술병 수를 자랑하기도 한다.

사람들이 이처럼 과장된 행동을 하는 것은 쓸데없는 허영심 때문이다. 그러한 행동은 자신의 의도와는 달리 평가를 떨어뜨리고 이미지를 실추하는 결과를 낳게 된다. 본질과 관계없는 것을 자랑하는 것은 스스로 자랑할 것이 없다고 떠드는 것과 마찬가지라는 것을 알아야 한다.

이 같은 어리석은 행동을 피하는 방법은 자기 자신에 대한 말을 삼가는 것이다. 한 사람의 인격은 선과 악에 관계없이 드러나게 되어 있다. 일부러 자신이 나서서 말하지 않아도 되는 것이다. 스스로 말하는 것은 오히려 다른 사람에게 선입견만 줄 수 있다. 자기 스스로 이야기해서 장점이 나타나거나 결점이 숨겨지는 일은 없다. 반대로 결점은 더 커지고 장점은 숨게 되고 말 것이다.

아무런 말도 하고 있지 않으면 자신의 장점은 더욱 빛나게 된다. 다른 사람들은 그가 겸손하다고 생각할 것이다.

반면 자기 스스로 장점을 말하게 되면 주위 사람들의 시기나 비난 또는 반감을 사는 의도하지 않은 결과를 가져올 수도 있다. 따라서 사람들과의 대화에서는 자기 이야기를 하지 않는 것이 상책이다.

경력과 같은, 자기 자신의 이야기를 꼭 해야 할 때도 있을 것이다. 이런 경우에도 자신이 스스로 자랑하고 있다는 느낌을 주지 않도록 하는 것이 필요하다.

대화와 독백은 근본적으로 다르다

말을 잘하는 것은 좋은 일이지만
혼자서 계속해서 이야기하는 것은 좋지 않은 행동이다.

말을 잘하는 것은 좋은 일이지만 혼자서 계속해서 이야기하는 것은 좋지 않은 행동이다. 또 어쩔 수 없이 혼자 오랫동안 말해야 하는 경우가 생긴다면 듣는 사람들이 지루하지 않도록, 더 나아가 다른 사람들이 즐겁게 들을 수 있도록 하지 않으면 안 된다. 어쨌거나 오랜 시간을 계속해서 이야기하는 것은 좋지 않다. 최소한의 시간으로 압축하는 것이 좋다.

대화는 본질적으로 독백과 다르다. 따라서 독점의 대상이 아니다. 각각의 사람에게 자기 몫이 주어지는데 네가 다 차지할 수 있는 것은 아니다. 가끔 혼자서 지루하게 시간을 끌며 말을 늘어놓는 사람들이 있다. 그런 사람들은 우연히 자기 곁에 앉은 사람이나 대화 상대 중 가장 말수가 적은 사람을 붙잡아 두고 쉴 새 없이 말을 이어간다. 이것은 예의에 어긋나는 것은 물론 공평하지도 않다. 대화는 같이 참여해 만드는 것이다.

네가 그러한 사람에게 붙잡혔을 때도 생각을 해보아야 할 것이다. 그 사람의 예의 없음을 참아야 하는 경우일 수도 있다. 어쩔 수 없이 그럴 때는 겉으로는 그 사람에게 동조하면서 참고 견디는 수밖에 없다. 그 사람을 홀대하거나 해서는 안 된다. 중간에 자리를 뜨거나 지루한 표정을 짓는다면 그는 네게 모욕을 받았다고 생각하게 될 것이다. 그 사람에게는 가만히 자신의 말을 들어주는 것이 자신을 기쁘게 하는 일이다.

대화의 상대가 여럿이라면 대화의 내용은 그 자리에 있

는 사람들이 동시에 관심을 가질 수 있거나 도움이 될 수 있는 분야가 좋다. 역사, 문학, 다른 나라 이야기 등은 날씨, 의상 이야기나 근거 없는 소문을 말하는 것보다 훨씬 유익하다.

또 네가 대화의 분위기를 책임지기 위해 애쓸 필요는 없다. 주변 분위기에 너를 맞추면 된다. 분위기에 따라 진지한 것과 쾌활한 것을 가려 행동하면 된다. 가끔은 농담을 하는 것도 필요하다. 이것이 여러 상대와 이야기할 때의 예의이다.

네가 이야기하지 않을 때도 너의 인격은 대화 속에서 스며 나오기 마련이다. 특히 스스로 대화를 주도할 자신감이 없다면 화제를 선택하기보다는 남의 이야기에 동조해주는 편이 나을 것이다.

의견대립이 있을 수 있는 화제도 피하는 것이 좋다. 서로 의견이 다르게 되면 대화의 분위기는 쉽게 서먹해진다. 때로는 험악해질 수도 있다. 토론이 뜨거워지거나 감정이 격해지면 다른 화제로 돌리는 순발력도 필요하다.

가끔은 가볍고 화기애애한 주제의 대화가 필요할 때도

있다. 내용을 떠나 다양한 사람들이 즐거움을 나눌 수 있는 주제로는 알맞은 것이다.

특히 협상의 자리에서 분위기가 나빠져 더 이상 진척이 어렵게 되었을 때는 가벼운 이야기로 분위기를 반전시켜 주는 것이 필요하다. 가벼운 주제라고 해서 품위가 떨어지는 것은 아니다. 자연스럽게 음식이나 포도주 이야기를 하는 것이다. 이것은 뛰어난 화술이 아닐 수 없다. 상대에 따라 화제를 바꿔야 하는 것은 당연한 것이다. 인생을 살다보면 그 이유를 충분히 깨달을 수 있다. 네가 이것을 배우지 않았다고 해서 모든 자리에서, 모든 사람에게 똑같은 화제로 대화하는 어리석은 행동을 하지는 않을 것이다.

정치가에게는 그에 맞는, 철학자에게는 그에 합당한 화제가 있게 마련이다. 성별과 나이에 따라서도 화제는 달라질 수 있다. 이것은 비겁한 태도라고 할 수 없다. 타인과 대화하는 데 있어 윤활유와도 같은 것이다.

사람의 본심은 눈에 드러난다

마음에 없는 말을 입으로 말하는 것은 쉽지만
눈까지 속이는 것은 여간 어려운 일이 아니다.

　무슨 생각을 하는지 깊이를 알 수 없거나 다소 어두워
보이는 성격은 바람직하지 않다. 인상이 좋지 않으면 갖가
지 억측을 불러일으킨다. 또 다른 사람 역시 이런 사람에게
는 쉽게 속내를 이야기하지 않는다.
　현명한 사람은 한편 신중하면서도 누구와도 쉽게 마음
을 열어 놓는다. 자신이 개방적인 것처럼 보여 상대방의 긴

장은 유발하지 않으면서도 신중한 본심은 남겨두고 있는
것이다.

본심을 지켜야 하는 것은 경솔하게 모든 것을 드러냈을
때 그것이 원치 않는 곳에 사용돼 언젠가 부메랑이 되어 돌
아올 수 있기 때문이다. 따라서 소탈한 한편으로 반드시 신
중을 기해야 한다.

대화를 할 때에는 상대방의 눈을 보아야 한다. 그렇지
않으면 무엇을 숨기고 있지나 않은지 의심을 사게 된다. 그
보다 앞서 말하는 상대의 눈을 보지 않는 것은 예의에 어긋
나는 것이기도 하다.

다른 곳을 바라본다던가 물건을 만지작거리는 것 등은
현재 대화하는 상대보다 다른 것들에 관심이 더 있는 것으
로 해석될 수 있다. 상대가 자존심이 센 사람이면 이런 행
동에 얼굴을 찌푸리거나 화를 낼 수도 있다. 자신이 무시당
하고 있다는 느낌을 받으면 사람은 화를 내게 마련이다.

대화하면서 상대방의 눈을 바라보지 않는 것은 이처럼
자신의 이미지를 구길 수 있는 동시에 다른 사람들이 자신
을 어떻게 바라보는지 관찰할 수 있는 기회를 놓치는 것이

기도 하다. 상대방이 말하는 바의 진위를 알기 위해서도 눈에 집중해야 한다. 마음에 없는 말을 입으로 말하는 것은 쉽지만 눈까지 속이는 것은 여간 어려운 일이 아니다.

또한 다른 사람과 이야기할 때는 다른 사람들과 관련된 소문을 퍼뜨리거나 옮겨 나르는 일에 조심해야 한다. 그런 행동이 때로는 즐거울 수도 있을 것이다. 그러나 나에게 전혀 도움이 되지 않을 뿐더러 비난을 사기 십상이다.

때와 장소에 관계없이 큰 소리로 웃는 것도 피해야 한다. 이런 행동은 사소한 데서 기쁨을 찾는 소인배들의 몫이다. 정말 재치가 있고 판단력이 있는 사람은 다른 사람의 실수나 결점을 보고 쉽게 웃지 않는다. 웃더라도 조용히 미소만 머금을 뿐이다. 큰 소리로 웃는 것은 경박할 수 있다.

큰 소리로 웃으면 곁에 있는 사람의 귀에 거슬리며 보기에도 좋지 않다. 특히 나쁜 장난이나 우발적인 사소한 일에 크게 웃는 것은 진정한 즐거움을 모르기 때문이다. 진정한 즐거움은 마음이 환해지고 표정이 밝아지는 그런 즐거움이다.

큰 소리로 낄낄대고 웃는 것은 조금만 노력하면 참을 수 있다. 사람들이 이렇게 웃는 것은 웃음이 좋은 것이라는 생각에, 상황에 맞지 않는 웃음이 어리석은 행동이라는 것을 알지 못하기 때문이다.

또는 대화 중에 이유 없이 웃는 습관을 가진 사람도 있다. 내가 아는 사람 가운데 와러 씨라는 사람이 있다. 그는 인격적으로는 나무랄 데가 없지만 안타깝게도 웃지 않고서는 말을 하지 못한다. 그를 잘 모르는 사람은 그의 인격이나 심지어 정신상태를 의심하게 된다. 물론 그것은 본인이 스스로 자초한 것이다.

이 밖에도 사람들은 대화 중 많은 좋지 않은 버릇들을 보여주곤 한다. 코를 손으로 만지거나 머리를 긁적이는 것들이 해당된다. 이런 버릇들은 심심할 때 해본 동작이 습관이 되어 나타날 수도 있다. 특히 침착하지 못한 사람들 가운데 이런 버릇이 자주 나타난다. 옳고 그름의 문제는 아닐지 모르겠지만 다른 사람이 보기에 거슬리는 행동은 하지 않는 편이 좋다.

개성 있는 사람이 성공한다

재치나 유머, 농담 중에 상당수는 일부 사람들에게만 통용된다. 그것은 그 집단만이 가지는 성격이나 설립 배경에서 비롯되기도 한다. 이런 경우 이곳에서 통하는 농담을 다른 곳으로 가져가면 쓸모가 없어지는 것이다. 아무런 재미가 없는 것은 물론이다.

농담 외에도 이런 경우는 종종 발생한다. 따라서 한 모임에서 들은 이야기를 다른 모임에서 말하는 것은 가능하면 하지 않는 편이 좋다. 별일이 아닐 수도 있으나 때로는 경솔한 행동으로 의도하지 않았던 후폭풍을 가져올 수도 있다.

무엇보다 그런 행동을 하는 것은 예의에 어긋나는 것이다. 법으로 정해진 것은 아니지만 다른 사람에게서 들은 이야기를 말하지 않는 것은 불문율과 같기 때문이다. 그것을 지키지 못한 사람은 비난을 받게 될 수도 있다. 더 중요한 것은 그러한 사람은 가는 곳마다 환영을 받지 못한다는 것이다.

나는 네가 다른 사람과 차별화된 이유로 어느 집단의 구성원이 되었으면 한다. 그러기 위해서는 너의 생각과 의지를 정확하게 표현하는 것이 중요하다. 또 자신의 생각을 표현하는 데 있어 예의와 함께 품위를 갖추어야 하지만, 한편으로 유머가 있는 편이 좋다.

어떤 조직에나 화술, 취미와 교양을 이끄는 사람이 있다. 그가 여성이라면 재치를 비롯해 미모와 복장 등 다방면에서 뛰어난 사람일 것이다. 남성이라면 조직 전체를 아울러 이끌 수 있느냐가 절대적인 기준이 될 것이다. 사람들의 관심이 이런 사람에게 쏠리는 것은 당연하다.

너는 이런 사람이 되기 위해 노력하는 한편 이런 사람을 순수하게 따르는 것이 좋다. 때로는 약간의 아부도 필요할 것이다. 그렇게 친밀도가 높아지면 조직 내부의 일은 물론 다양한 경험을 할 수 있는 환경이 더 빨리 주어질 것이다. 만약 그 사람을 따르지 않으면 조직을 떠나야 하는 위기에 처할 수 있다. 조직과 다른 취미, 교양 등은 용납되지 않을 것이다.

한편 어떤 조직에나 '좋은 사람' 들이 있다. 그런 사람은 그야말로 좋은 사람이어서 조직에 쉽게 가입된다. 반면 그들은 사람이 좋다는 것 외에 무미건조하다. 아무런 특색도 매력도 없다. 또한 자기 자신의 의견이나 의지를 강하게 주장하는 경우도 많지 않다.

그들은 의사결정 시 다른 사람들이 말한 것에 아무렇게나 동의하고 쉽게 양보한다. 다른 사람들이 의견을 모은 일에 다른 의견을 제시하는 것을 기대하기는 더더욱 어렵다. 그런 행동은 어리석고 쓸모없는 것이다.

　젊은 시절에는 윗사람처럼 행동하거나 다른 사람을 비난하는 태도는 바람직하지 않다. 큰 잘못이 아니라면 모른 체 넘어가고, 예의에 어긋나는 행동을 보았더라도 이해하는 편이 좋다. 또 다른 사람들에게 친절하도록 노력해야 한다.

　인간관계에서는 공치사도 중요하다. 다른 사람의 칭찬을 받으면 기본 이상의 능력이 발휘되기도 하는 것이다. 반대로 칭찬을 받지 못하면 제자리에 머물러 있는 수도 있다.

자기 자신 속에는 환경보다 더 강한 것이 있다는 사실을
확신한 사람들 외에는 위대한 성취를 남긴 사람이 하나도 없다.
-알프레드 윌리암 헌트-

배려와 칭찬은 상대를 기쁘게 한다

그 사람이 칭찬받고 싶어 하는 곳을 자극하면
그는 너를 친구로 받아줄 것이다.

다른 사람을 기쁘게 해주고 싶다면 다른 사람을 배려할
줄 알아야 한다. 타인을 배려한다는 것은 그리 어려운 일
이 아니다. 다른 사람을 잘 관찰하는 것이 배려의 기본이
된다.

사람마다 좋아하고 싫어하는 것이 있기 마련이다. 또 좋
아하는 것은 드러내고, 싫어하는 것은 감추고 싶어 한다.

또 그 사람의 취미와 습관을 관찰하면 그 사람이 좋아하는 것과 싫어하는 것을 알 수 있다.

그 사람이 좋아하는 것을 준비해주고 싫어하는 것은 눈에 띄지 않도록 하는 것이 그에 대한 배려가 될 것이다. 그러면 상대는 자신을 위해 신경써준 사람에게 고마움을 느끼지 않을 수 없다. 이것이 대인관계에서 네가 다른 사람에게 칭찬을 받고 사랑받는 방법이 될 것이다.

반대로 다른 사람이 싫어하거나 꺼려하는 것을 알면서도 어떤 행동을 하거나 어떤 물건을 내놓는 것은 큰 실례가 아닐 수 없다. 그 사람은 무시당했다고 생각할 것이다. 네게 감정이 상하는 것은 물론이다.

이런 상황은 아주 사소한 것에서 일어날 수 있다. 작은 것에 감동을 받으면 더 오래 기억되고, 작은 부분에서 감정이 상한 것도 마찬가지다. 아주 작은 배려로 사람들의 허영심을 만족시켜줄 수 있는 것이다. 그 사람이 나를 배려해주는 것을 알게 되면 나 역시 그 사람에게 관심이 더 끌리는 것이 인지상정이다.

어떤 사람과 친구가 되고 싶다면 그 사람의 장점을 찾아

내서 칭찬해라. 사람에게는 훌륭하고 우수한 면이 있는 한편 다른 사람에게 훌륭하고 우수하게 비쳐지고 싶은 부분이 있다. 그 사람이 인정받고 싶어 하는 부분을 칭찬해주는 것은 큰 효과를 거둘 수 있다. 충분히 훌륭한 면을 칭찬하는 것과는 비교가 되지 않을 것이다.

프랑스의 리슐리외 추기경은 당대의 정치가로서는 인정을 받았음에도 불구하고 그 스스로는 시인으로 인정받기를 원했다. 그러나 시인으로서 자신이 있는 것은 아니었다. 결국 당대의 위대한 극작가 코르네유를 시기하게 되었고, 다른 사람을 시켜 그의 작품 〈르 시드〉의 비평을 쓰게 했다.

리슐리외의 내면을 알고 있는 사람들은 그의 정치가로서의 업적을 칭찬하는 대신 시인으로서의 능력을 띄워주기 바빴다. 그들은 그렇게 하는 것이 추기경의 마음을 사로잡을 수 있다는 것을 알고 있었기 때문이다.

누구나 리슐리외와 같은 면이 있다. 칭찬받고 싶어 하는 면을 발견해 화제로 삼아라. 그렇게 하기 위해서는 물론 그 사람에 대한 관찰이 필요하다. 그 사람이 좋아하는 것, 그 사람의 취미를 살펴라. 아마 그는 대화 중에 자신이 흥미

있어 하는 부분을 자주 거론할 것이다. 그런 것을 알아채면 된다. 그 사람이 칭찬받고 싶어 하는 곳을 자극하면 그는 너를 친구로 받아줄 것이다.

이것이 다른 사람에게 아부나 아첨을 하라는 것은 아니다. 다른 사람의 결점까지 칭찬하는 것은 오히려 나쁜 행동이 될 수 있는 것이다. 진정한 친구는 다른 사람의 결점과 잘못에 대해 분명히 지적해줄 수 있는 사람이다.

하지만 언제나 다른 사람의 결점과 잘못을 지적만 하는 것은 바람직하지 않다. 그렇게 되면 세상살이가 재미가 없을 것이다. 마찬가지로 다른 사람에게 칭찬받고 싶어 하는 것이 다소 허영심일 수 있겠지만 그런 부분까지 네가 나서서 비판하거나 잘못됐다고 말할 필요는 없는 것이다. 그 사람의 허영심이 누군가에게 피해를 주거나 하지는 않을 테니까 말이다. 잘못하면 작은 핀잔으로 감정을 건드릴 뿐이다.

물론 너는 상대방의 장점이 확연할 때는 그 장점을 칭찬하는 데 어색하지 않을 것이다. 그러나 장점이 확실하지 않더라도 어느 정도 인정할 부분이 있다면 칭찬에 인색하지 않아도 될 것이다. 칭찬에 인색한 것은 세상 사람들이 얼마나 인정받고, 칭찬받고 싶어 하는지를 잘 모르기 때문이다. 사람들은 사소한 부분까지 칭찬받기를 좋아한다. 아주 작은 부분이지만 옷을 입는 것조차 칭찬을 하면 기뻐하는 것이다.

악명 높은 찰스 2세 때의 일이다. 대법관이었던 새프츠베리 백작은 관직에 있는 사람으로서가 아니라 왕과 개인적인 친분을 갖고 싶었다.

그가 떠올린 것은 왕이 여자를 좋아한다는 것이었다. 그는 곧 첩을 두고 소문을 냈다. 그 소문을 들은 찰스 2세는 직접 새프츠베리 백작에게 첩을 두었는지 확인했다. 사실관계를 확인한 왕은 크게 기뻐했고 백작이 원했던 것과 같이 그를 곁에 두게 되었다.

칭찬 이야기가 나와서 말이지만 사람을 가장 기쁘게 하는 칭찬은 그 사람 뒤에서 하는 칭찬이다. 그 사람과 동떨어진 곳에서 칭찬하라는 것은 아니다. 네가 칭찬한 것이 적어도 그 사람에게 전달될 수 있어야 한다.

따라서 그 칭찬을 전해줄 사람이 있어야 하고, 그런 사람은 그 칭찬을 전해줌으로써 그 역시 도움이 될 수 있는 사람이 좋을 것이다. 그 사람은 네가 말한 칭찬에 덧붙여 더 큰 칭찬을 해줄지도 모른다. 어쨌거나 다른 사람으로부터 칭찬을 전해 듣는다는 것은 자신에 대한 가장 기쁜 찬사가 될 것이다.

반면 다른 사람들의 생각과 행동을 탓하는 것은 바람직하지 않은 행동이다. 사람들은 각자 생각하는 방식이 다르고 행동 양식도 다르다. 성격과 외모, 꾸미는 것도 마찬가지다. 그것이 사람들에게 피해를 주거나 너의 품위를 해치지 않는다면 너의 생각과 달라도 인정해야 하는 것이다.

나도 네 나이 때 이런 것을 알았다면 다른 사람과 친분을 맺을 때 큰 도움이 되었을 것이다. 이는 내가 35년을 살면서 얻어낸 자산인 것이다. 네가 잘 활용해주었으면 하는 바람이다.

호감의 첫째 조건은 어진 성품이다

진정한 성공은 다른 사람의
애정 어린 도움 없이는 불가능하다.

세상에 적이 없는 사람은 없다. 모든 사람으로부터 사랑 받는 사람도 마찬가지다. 그렇다고 해서 사랑받는 노력을 마다해서는 안 된다. 특히 네게 우호적인 친구를 많이 만드는 노력을 기울여야 한다. 나의 오랜 경험에 의하면 친구가 많고 적이 없는 사람이 가장 강한 사람이다. 그 사람은 원한을 사거나 질투를 받을 일이 적기 때문에 쉽게 인정받을 수 있다. 또 실패한다 하더라도 다른 사람들의 동정까지 사지 못할 정도로 몰락할 일은 없을 것이다.

이미 작고한 아일랜드의 오몬드 공작을 알고 있는지 모르겠다. 그는 이 나라에서 가장 뛰어난 인품을 지닌 것으로 명성이 자자했다. 지략이 뛰어나지는 않았으나 예의를 지키는 것만큼은 다른 사람들이 감히 따를 수 없을 정도였다. 원래가 자상한 데다 궁정 생활과 군 생활에서 몸에 밴 절제된 언행이 그의 매력이었다. 따라서 그의 능력과는 별개로 대부분의 사람들에게 사랑을 받았다.

그의 매력이 얼마나 큰 것인지는 앤 여왕이 사망했을 때 뚜렷이 드러났다. 앤 여왕이 작고한 후 궁정은 대대적으로 불순세력을 잡아들여 탄핵 재판을 하게 되었다. 오몬드 공작도 이 때 불순세력에 동조했다는 이유로 탄핵 재판을 받게 되었다. 그 역시 탄핵을 피하지는 못했다. 그러나 다른 사람들과는 사뭇 달랐다. 여당과 야당의 치열한 공방 속에서도 그의 탄핵 결의안은 다른 사람보다 훨씬 적은 찬성을 얻어 상원을 통과했다. 그마저도 탄핵을 주도하는 입장이었던 국무대신 스탠호프가 앤 여왕의 뒤를 이은 조지 1세

를 설득해서 오몬드 공작이 왕과 만나 위기를 모면할 수 있
도록 주선했다. 하지만 스탠호프의 반대편에 있던 로체스
터 주교와 스튜어트 왕조 부활을 꾀하는 측에서 오몬드 공
작을 달아나게 했다. 그가 조지 1세와 만난다고 해도 복종
이 있을 뿐 용서는 없을 것이라고 속였던 것이다. 이후 오
몬드 공작의 재산권이 박탈당했을 때는 그에 반대하는 국
민들의 시위가 대규모로 열리기도 했다. 그의 주변에는 그
를 사랑하는 사람들이 대부분이었고 적은 거의 없었던 것
이다. 이것은 그가 항상 다른 사람을 기쁘게 하고자 했던
자상한 마음씨 때문으로, 그는 이런 자세를 실천하는 데도
게을리하지 않았다.

진정한 성공은 다른 사람의 애정 어린 도움 없이는 불가
능하다. 네가 이런 진심이 담긴 도움을 받기 위해서는 너
역시 다른 사람에 대한 애정이 있어야 한다.

내가 말하는 애정이란 연인들 사이의 감정이나 친구 사
이의 우정처럼 가까운 사이에서 나타나는 그런 것이 아니
다. 그 밖의 다른 모든 사람들과 인간관계를 가질 때 정성
으로 대하는 태도를 말하는 것이다. 이러한 감정은 갈등구

조가 생기지 않는 한은 언제까지나 계속될 것이다.

내 인생의 경험을 그대로 간직한 채 20세부터 다시 인생을 시작할 수 있다면 나는 가능한 많은 사람들로부터 사랑받는 일에 전력하고 싶다. 하지만 사랑과 배려를 받는 데 집착한 나머지 다른 사람들에게 관심을 주는 데는 소홀히 했던 그런 실수는 반복하지 않겠다.

내가 어느 한쪽의 호감을 더 많이 받고 있다면 상대적으로 다른 편에서 나에 대한 평가가 나쁠 수도 있을 것이다. 어느 순간에는 양쪽에 끼여서 이러지도 저러지도 못하는 상황이 벌어질 수도 있다. 그보다는 대부분의 사람들에게 호감을 받는 것이 얼마나 다행인 일인지 생각해보게 된다.

덕망은 사람에게 가장 큰 방패이다. 사람은 덕에 약한 존재다. 덕망을 방패로 하는 사람은 성공 가능성이 그 만큼 높다. 여성도 덕망이 있는 남성에게 마음이 끌리기 마련이다. 또 남자도 마찬가지다.

내가 지금까지 만났던 사람들 중에는 아름답지만 호감이 가지 않았던 사람이 있는가 하면 좋은 판단력에도 불구하고 역시 정이 가지 않는 사람들이 있었다. 이제 내가 무슨 말을 하려는지 이해할 수 있을 것이다. 그 사람들은 자신의 아름다움과 능력을 믿고 다른 사람들을 배려하는 데는 소홀했을 것이다.

반면 예전에 내가 연애했던 한 여성은 외모는 그리 아름답지 않았으나 성품이 아름다웠고, 예의가 발랐다. 또 다른 사람을 기쁘게 하는 방법을 알고 있었다. 그와 연애할 때 내가 집중했음은 물론이다. 덕망을 갖추는 것은 그리 어렵지 않다. 품위 있는 태도, 진지한 자세, 타인에 대한 배려, 다른 사람에 대한 칭찬, 거리낌 없는 옷차림 등으로 다른 사람을 매료시킬 수 있는 것이다.

잠이 오지 않는 사람에게는 밤이 길고, 다리 아픈 사람에게는 5리 길도 멀다. 배우지 않은 사람에게는 인생이 멀다. 인생은 배우는 데서 시작된다.
-도로우-

우아한 사람이 관심을 얻게 된다

말과 행동에서 품위가 느껴진다면
굳이 내면을 확인하지 않더라도
곧 그에게 호감을 갖게 될 것이다.

너를 건축물로 치자면 이제 뼈대가 완성되는 단계에 왔다. 그러나 골조가 완벽하다 해도 장식이 뒷받침되지 않으면 건물의 매력이 떨어질 수 있다. 이제 너라는 건축물을 아름답게 장식하는 것이 너와 내가 할 일이다.

토스카나식 건축물은 익히 알고 있을 것이다. 네가 알다시피 건축 양식들 가운데 가장 견고한 양식 가운데 하나이다. 반면 가장 촌스러운 양식이기도 하다. 튼튼한 건물을 위해서는 마땅하다고 하겠지만 이런 촌스러움이 건물 전체에 배어 나온다면 그 건물의 가치가 떨어지고 말 것이다. 그 건물 자체에 관심을 갖는 사람도 없을 것이다. 또 사람들은 건물 외부만 보고 내부 시설도 마찬가지라는 선입견을 갖게 될 것이다. 굳이 들어가서 확인하는 노력을 기울이지 않을 것이 뻔하다.

하지만 토스카나식 골조 위에 도리아식, 이오니아식, 코린트식 기둥이 늘어서 있다면 그 아름다움은 상상만 해도 벅차다. 건축물에 관심이 없는 사람조차도 그 아름다움에 눈이 휘둥그레져서 격찬하게 될 것이다. 무심코 지나가던 사람도 발길을 멈추고 건물을 유심히 살필 것이며, 안에 들어가보고 싶은 충동이 자연스럽게 생겨날 것이다.

사람도 그렇다. 여기에 지식은 평범한 수준에 머물러 있지만 품위 있는 태도를 가진 한 사람이 있다. 그는 정중하게 사람을 대하고 친근감을 주는 사람이다. 다른 한 사람은 지식이 풍부하고 판단력도 뛰어나지만 다른 사람에게 자신을 드러내는 데는 다소 미진한 편이다.

이 두 사람 가운데 누가 더 어려움을 잘 헤쳐 나갈지를 상상하는 것은 어렵지 않다. 품위 있고 정중한 사람이 난관을 더 쉽게 극복할 수 있을 것이다. 또 재주가 많은 사람은 마음만 먹으면 재주가 적은 사람을 쉽게 이용할 수도 있다.

현명하지 못한 사람은 다른 사람의 외형에 감정이 끌린다. 예의바른 태도, 품위 있는 행동만이 눈에 들어온다. 따라서 눈에 보이지 않는 내면으로 다른 사람을 판단하는 노력은 등한시한다. 이런 점에서는 현명한 사람도 예외가 아니다. 이들도 당장 아름답게 보이지 않거나 배려가 모자란 사람에게는 먼저 눈을 돌리지 않는 것이다.

사람의 마음을 사로잡는 데는 오감이 중요하다. 우선 상대방의 눈과 귀를 만족시켜야 한다. 그렇게 되면 그 사람은 네게 마음을 빼앗기게 될 것이다. 옷차림과 단정한 외모, 환하고 밝은 표정, 편안한 목소리, 정확하고 또렷한 어휘 등이 사람의 마음을 움직일 수 있다.

다른 사람들의 시선을 빼앗는 데도 품위를 지키는 것은 무엇보다 중요하다. 네가 어떤 행동을 하는 데 있어 품위를 지키는 것과 지키지 않는 것은 받아들이는 편에서 엄청난 차이가 있다.

　처음 만난 사람이 용모부터 단정치 못한 데다 말하고자 하는 것을 정확하게 전달하지 못하고 행동에도 주의가 부족하다면 품위 있는 행동과는 거리가 먼 것이다. 그 사람에 대해 많은 것을 알지 못한 상태에서도 그러한 행동만으로 그 사람은 낮은 평가를 받게 될 것이다. 또 그 사람이 실제 출중한 능력이 있다고 해도 내면까지 바라보기는 쉽지 않을 것이다.

　반대로 말과 행동에서 품위가 느껴진다면 굳이 내면을 확인하지 않더라도 곧 그에게 호감을 갖게 될 것이다.

　작은 동작 하나하나, 짧은 말 한 마디는 중요하지 않을 수 있다. 그러나 그것들이 모여서 품위를 이루며 사람의 마음을 움직이게 된다. 모자이크 조각 하나하나는 기능을 하지 못하지만 그것들이 모이면 아름다운 그림을 만들어내는 것과 같은 원리이다.

모방은 창조의 어머니다

단정적으로 말하자면 말과 행동으로 다른 사람의 마음을 사로잡는 것은 누구나 가능한 일이다. 훌륭한 사람들과 친분을 나누다 보면 그러한 언행이 몸에 익게 되는 것이다.

처음 보는 사람인데 마음이 끌린다면 그 사람을 잘 관찰해 보아라. 무엇이 너의 마음을 사로잡고 있는지 파악할 수 있을 것이다. 아마도 겸손하지만 당당한 태도, 비굴하지 않은 배려, 꾸미지 않은 우아한 손동작, 깔끔한 옷차림 등이 그 배경에 있을 것이다.

그것이 무엇인지 알게 되었으면 그대로 흉내를 내 보아라. 그렇지만 흉내를 낼 때는 무조건적인 모방이기보다는 세심한 부분까지 배우는 자세여야 한다. 정물화를 그리듯 있는 그대로 따라 해보는 것이다.

이런 자세를 가지고 많은 사람들에게 호감을 받는 사람을 관찰해보아라. 윗사람에게, 지위가 낮은 사람에게, 지위가 대등한 사람에게 대하는 태도를 살펴보아라. 또 다른 사람을 방문했을 때, 밥을 먹을 때, 사교모임에서 어떻게 행동하는지를 알아보고 그것들을 그대로 따라 해라.

하지만 단순히 따라 하는 것으로는 충분하지 않다. 그 사람의 행동 하나하나가 담고 있는 의미를 느껴야 한다. 따라 하다 보면 알겠지만 그 사람은 어떤 행동 자체가 아니라 그 행위를 통해 다른 사람을 기쁘게 함으로써 다른 사람의 마음을 사로잡는 것이다. 결국 다른 사람을 배려하는 방법을 네가 따라야 하는 것이다. 아마도 그는 다른 사람을 함부로 대하거나 무시하거나 자존심을 상하게 하는 일은 절대 하지 않을 것이다. 한편으로는 다른 사람을 배려하고 칭찬하고 돕는 데 많은 노력을 기울일 것이다. 즉 다른 사람들로부터 호감을 받는 사람은 스스로 베푼 노력을 거둬들이는 것이다.

이런 자세는 네가 그 사람을 흉내 내는 동안 네게도 익숙해지게 될 것이다. 호감을 얻는 것만이 아니라 네가 배우는 많은 것들이 모방을 통해 익숙해지고 있는 것이다. 중요한 것은 좋은 대상을 찾아 따르고 배우는 것이다. 또한 무엇이 훌륭한 것인지를 보는 안목이 있어야 한다.

사람은 자주 접하는 사람의 분위기 및 태도, 장단점과 생각까지도 은연중 받아들이게 된다. 내가 알고 있는 사람들 중 몇몇은 그 자신은 뛰어나지 않지만 현명한 사람들과 함께 어울리다 보니 때로 출중한 능력을 발휘하곤 한다.

항상 하는 말이지만 좋은 친구들과 어울리다 보면 네가 의식적으로 배우려고 하지 않아도 그들의 장점이 네게 전이될 것이다. 네가 의지를 가지고 적극적으로 그들을 관찰한다면 그 속도는 더 빨라질 것이다.

그런 일이 많지는 않다만 주변에 호감이 가는 사람이 없는 경우도 생각해볼 수 있을 것이다. 그럴 때는 주변 사람 모두를 관찰의 대상으로 삼아라. 아무리 훌륭한 사람이라도 단점은 있다. 마찬가지로 아무리 하찮은 사람이라도 그 사람만의 장점이 있게 마련이다. 너는 그것을 알아내서 따라 하면 되는 것이다.

마음에 들지 않는 부분은 그것에 대해 경계하면 된다. 호감을 주는 사람과 그렇지 않은 사람과의 차이는 표현 방법과 태도에 기인한다. 말과 행동의 내용은 같아도 상대에게 전해지는 방식이 다른 것이다. 따라서 어떠한 말씨, 걸음걸이, 식사예절이 좋지 않은 인상을 주는지 관찰해서 그렇게 행동하지 않도록 해야 한다.

자기 영혼의 재산을 증식시킬 시간이 있는 사람은
참 휴식을 즐기는 사람이다.

-헨리 데이비드 소로우-

옷차림과 표정에도 인격이 있다

우아한 행동은 사람의 마음을
끌어당기는 힘이 있다.

사람의 마음을 사로잡는 방법을 몇 가지 전해주어야겠다. 얼마 전 하비 부인으로부터 편지를 받았다. 하비 부인은 한 모임에서 우아하게 춤을 추고 있는 너를 보았다고 하더구나.

우아하게 춤을 춘다는 것은 앉고, 일어서고, 걷는 동작이 우아한 것이라고 나는 생각한다. 이러한 행동은 쉽게 보이지만 춤을 잘 추는 것보다 중요하고 또 어려울 수도 있다.

때로 쾌활한 사람은 의자에 앉을 때 모든 체중을 맡기고 기대앉지만 이 같은 자세는 서로 익숙한 사이가 아니면 좋은 느낌을 주지 못할 수도 있다. 좋은 자세는 온 체중을 싣지 않고 여유 있게 걸터앉는 것이다. 부동자세로 몸을 딱딱하게 해서는 안 되고 힘을 빼고 자연스럽게 앉으면 된다.

우아한 행동은 사람의 마음을 끌어당기는 힘이 있다. 우아한 행동은 비단 공공장소에서만 해당되는 것은 아니다. 일상생활에서도 마찬가지다. 사소한 일을 소홀히 하게 되면 중요할 때 어려움을 겪게 된다. 커피 한 잔을 마시더라도 평소에 우아하게 습관을 들이면 실수로 커피가 흘러넘치는 일은 일어나지 않을 것이다.

너는 복장에도 너의 생각을 담아야 한다. 복장은 그 사람의 인격을 담고 있다. 복장에서 허세를 부리는 사람은 그 사고방식에도 문제가 있을 수 있다. 화려한 복장 속에는 머리가 빈 것을 감추려는 허세가 보인다.

반대로 입는 것에 전혀 신경을 쓰지 않아 지위를 구분할 수 없는 사람은 그 사람의 속내까지 의심받기에 충분하다.

현명한 사람은 그 지역, 그 사회에 속한 사람들과 비슷한 복장을 한다. 옷차림이 화려하면 허세로, 초라하면 실례로 비쳐지기 때문이다. 너도 때와 장소에 따라 다른 사람들의 옷차림에 맞춰 화려한 것과 간소한 것을 구분해 입는 것이 좋다. 또 어색한 느낌이 들지 않도록 몸에 잘 맞는 옷을 입는 것이 중요하다.

일단 그날의 옷차림을 결정했으면 그것으로 더 이상 옷에 대해 관심을 두지 않아야 한다. 복장이 어색하지 않은지 생각하다 보면 동작이 부자연스러워진다.

머리 모양도 중요하다. 머리는 복장의 일부인 것이다. 또 양말을 흘러내려 신거나 구두끈이 풀려 발의 모습이 아름답지 못하면 좋지 않은 인상을 주게 된다.

다른 사람들에게 좋은 인상을 주기 위해서는 청결해야 한다. 손과 손톱, 이를 청결히 관리해야 한다. 특히 이의 관리는 나이가 들어 자신의 이로 음식을 먹기 위해, 치통으로부터 벗어나기 위해 각별히 주의해야 한다. 이를 잘 닦고 문제가 있을 때는 즉시 전문가를 찾아가도록 해라.

춤이나 복장, 헤어스타일보다 더 중요한 것이 표정이다.

표정이 나쁘면 다른 것은 모두 무용지물이다. 사람의 마음을 사로잡는 요인 중 가장 효과가 큰 것이 표정이다. 네가 춤을 추는 것은 1년에 10회 내외겠지만 너의 표정은 1년 365일 동안 사람들 앞에 노출되어 있다.

내가 아는 한 젊은 의원은 의원으로 처음 선출됐을 때 거울 앞에서 표정 연습을 하다가 들켜 웃음거리가 된 적이 있다. 그러나 나는 그 젊은 의원이 현명하다고 생각했다. 그는 공공장소나 대중 앞에서 표정이 얼마나 중요한지 알고 있는 사람이었다.

좋은 표정을 위해 하루 온종일 투자할 필요는 없다. 2주일 정도만 매일같이 시간을 내 온화한 표정을 내도록 연습해 보아라. 그러면 다음에는 표정에 대해 신경을 쓰지 않아도 자연스런 얼굴표정이 자리를 잡을 것이다.

눈가에는 항상 부드러운 표정이 살아있어야 한다. 또 미소를 머금고 있어야 한다. 선의와 자애가 넘치는, 엄숙하면서도 열기가 있는 성직자의 표정은 사람들의 마음을 사로잡는 힘을 가지고 있다.

표정에는 마음이 담겨 있어야 한다. 사람들은 표정과 마

음이 같다고 믿기 때문에 표정이 좋은 사람들에게 호감을
주는 것이다. 이러한 것들을 습관처럼 몸에 익히지 못하면
풍부한 지식을 갖고 있더라고 제대로 뒷받침하기가 어려
울 것이다. 견고한 골조에 아름다운 장식을 더하는 일에 집
중해야 한다.

눈을 경계하여 남의 잘못됨을 보지 말고,
입을 경계하여 남의 허물을 말하지 말고,
마음을 경계하여 탐욕을 꾸짖어라.

-명심보감-

세 살 버릇 여든까지 간다

나쁜 습관을, 잘못된 행동을
제때 지적받지 못한 젊은이들은 무례한 행동을
계속하는 악순환이 반복되는 것이다.

무례한 젊은이가 많은 것은 자식들의 예절교육에 소홀한 부모들의 책임이 크다. 그들은 자식이 대학교까지 정규교육과정을 밟는 것에는 깊은 관심을 가지면서도 자식이 어떻게 커가고 있는가에 대한 관찰은 부족한 편이다. 때로는 자식에 대해서 무관심하거나 자식이 자라는 환경에 대해 잘 알지 못해서이기도 하다.

부모들은 이런 상황에서도 자식들이 잘 해나가고 있을 것이라고 스스로 위안을 삼는다. 또 그렇게 믿고 싶을 것이다. 하지만 실제로는 그렇지 않은 경우가 많다. 젊은이들의 잘못된 습관과 실수는 부모가 아니면 바로잡아 줄 수 없는 것이다. 아이들은 그저 학교에 잘 다니고 있을 뿐인지도 모른다.

젊은이들은 학교에 다니면서 즐겼던 유치한 놀이를 쉽게 중단하지 않는다. 대학에서 몸에 배인 편협한 시각도 그대로 가지고 있다.

하지만 부모들은 자식들에게 나쁜 습관이 있다는 것을 인정하려고 하지 않는다. 또 젊은이들은 이런 배경에서 자신들의 습관이 좋지 않다는 것을 알지 못하게 된다. 나쁜 습관을, 잘못된 행동을 제때 지적받지 못한 젊은이들은 무례한 행동을 계속하는 악순환이 반복되는 것이다.

일전에도 이야기했듯 자식의 예의범절이나 잘잘못에 방향을 제시해줄 수 있는 사람은 아버지뿐이다. 그것은 자식이 성장해서도 마찬가지다. 아무리 좋은 친구도 아버지가 겪은 경험을 대신 말해줄 수는 없다. 또 그것에 바탕을 둔

충고는 어려운 것이다.

　아버지라는 견제장치를 가지고 있는 것은 행운이다. 내 눈에서 빠져나갈 수 있는 것은 거의 없다고 보면 된다. 네게 결점이 있다면 빨리 고쳐야 한다. 그것을 도와주는 것은 나의 책임이다. 반대로 네게 장점이 있으면 가장 기뻐하는 것도 바로 이 아버지다.

만일 진실로 당신이 성실한 사람이 아니라면,
당신은 절대로 위대한 사람이 아니다.

-벤자민 프랭클린-

예의를 잘 지키면 상대가 호감을 갖는다

예의를 지키는 자세는 어느 환경에서 누구를
대하더라도 꼭 필요한 인간의 본성이다.

인간이란 그리 완벽한 존재가 아니다. 다만 보다 완벽
해지기 위해 노력하는 것만이 내가 할 수 있는 최선일 뿐
이란다.

또한 완벽해지는 데 보다 가까이 가기 위해 교육이라는
것이 필요하다. 교육에 들어가는 비용과 노력은 아껴서는
안 된다. 교육은 사람이 태어난 모습 이상으로 능력과 자질

을 키워주기 때문이다.

내가 교육을 통해 네게 가르치고 싶었던 것은 다른 사람에 대한 사랑과 선을 실천하는 것이다. 너는 이제 그런 마음을 머릿속으로 충분히 익혔을 것이다. 어느 정도 그런 자세가 몸에 배어 있을지도 모르겠다. 이제 너의 판단으로 그것을 실천할 때가 되었다. 다른 사람을 사랑하는 것과 선을 실천하는 것은 물론 인간의 본성이기도 하지.

이에 대해 새프츠베리 경은 남의 눈이 있어서가 아니라 자신을 위해 선을 행한다고 말해주었다. 그것은 남이 보니까 깨끗하게 하는 것이 아니라 스스로를 위해 주변을 깨끗이 정리하는 것과 마찬가지라고도 했다.

그래서 나는 네가 판단력이 있다는 믿음이 들고 나서부터는 네게 선을 행하라는 말을 하지 않았다. 그것은 너무나 당연한 일이다.

그런데 선을 실천하는 것 이상으로 중요한 것이 예의를 갖춰 행동하는 것이다. 예의를 알지 못하면 지식을 비롯해 네가 알고 있는 것들이 모두 쓸모없게 되어 버릴지도 모른다. 무엇보다 예의라는 것은 사람을 사귀는 데 있어 가장 중요한 요소이기도 하다.

　누군가가 예의는 서로 자신을 억제하고 다른 사람에게 맞추려고 하는 분별 있고 양식 있는 행위라고 말한 적이 있다. 이것은 전적으로 옳은 얘기다. 다만 판단력이 있고 양식이 있다고 해서 모두 예의가 바른 것은 아니다. 그래서 너의 판단력을 믿지만 예의를 잘 알고 있는지에 대해서는 별개의 사안이다.

　예의를 지키는 자세는 어느 환경에서 누구를 대하더라도 꼭 필요한 인간의 본성이다. 하지만 예의를 지키는 방법은 지역, 환경, 사람에 따라 크게 다르다. 직접 경험하지 않으면 그 사회에 맞는 예의가 무엇인지 알 수 없는 것이다.

　예의와 도덕은 같은 범주에 있다. 예의를 지킨다는 것은 그 사회 도덕성을 높이는 데 필수적이다. 사회의 도덕성을 높이는 가장 일반적인 규제 장치로 법이 만들어져 있으나 예의 역시 법과 마찬가지로 큰 힘을 발휘한다. 특정 시대나 지역에서는 무례한 행위에 대해 법을 지키지 않는 것과 마찬가지로 엄한 처벌을 받기도 한다.

　이를테면 다른 사람의 집에 침입하면 법에 의해 처벌을

받는다. 또한 다른 사람의 사생활에 지장을 주면 심한 경우 법에 의해 처벌을 받거나 지역 사회의 사람들로부터 배척을 당해 결국 사회생활이 어렵게 되는 것이다. 법과 불문율 사이에는 많은 공통점이 있는 것이다.

사람이 다른 사람에게 다정하고 상냥하며, 조그만 희생을 감수하는 것은 교육을 통해서일 수는 있으나 다른 사람의 강요에 의해서는 아니다. 사회 속에서 성장하다 보면 자연스럽게 익숙해지는 것이기도 하다. 이것은 사람들 사이의 약속이라고 할 수도 있다. 왕과 신하가 보살핌과 복종이라는 약속을 한 것과 마찬가지다. 어느 한 편이 그 약속을 저버리게 되면 다른 사람으로부터 받았던 신뢰를 잃게 될 것이다.

내 생각에 예의는 선행 이상으로 다른 사람에게 호감을 준다. 나는 예의 바른 사람이라는 말이 가장 듣기 좋다. 예의를 지키는 것이 중요하다.

때와 장소에 맞게 행동하라

아무리 친한 사이에서도 친분관계를 지속적으로
유지하기 위해서는 예의를 지켜야 하는 것이다.

예의를 지킨다는 것은 때와 장소에 따라 달라질 수밖에
없다. 상황에 맞춰 예의를 지키기 위해서는 직접 그 사회에
서 생활하며 경험하는 것밖에 방법이 없다. 또 어느 사회에
서 살고 있다 하더라도 다양한 경험이 없으면 예의를 갖추
는 데 어려움이 따를 수밖에 없다.

연장자, 손윗사람, 지위가 높은 사람에게 예의를 갖춰야

한다는 것은 상식 안에서 행동하는 사람은 모두 알고 있다. 하지만 어떻게 표현해야 하는지에 대해서는 생각이 다를 수 있고 그 정도도 사람마다 다르다. 일반적인 방법이 있으나 이조차도 경험하지 않았거나 교육받지 않은 사람은 표현할 방법이 없기 마련이다.

훌륭한 사람, 저명한 사람과 만난 적이 없는 사람은 어색한 자세를 취하거나 무례하게 대할 수밖에 없다. 다만 훌륭한 사람 앞에서 의자에 한쪽으로 기대어 앉거나 휘파람을 불거나 머리를 긁는 등의 단정하지 못한 행동을 하지 않아야 한다는 것은 누구나 알 수 있을 것이다.

예의를 알고 있다고 하더라도 그 경험이 많지 않다면 표현하는 데 큰 용기를 내야 할 수도 있다. 중요한 것은 긴장할 필요가 없다는 것이다. 힘을 빼고 자연스럽게 표현하면 되는 것이다. 다른 사람의 우아한 행동을 보고 배울 수 있다면 좋은 교육이 될 것이다.

예의는 또래 사이에도 꼭 필요하다. 특별히 나은 사람이 없는 일반적인 모임이 있다면 모임에 참석한 사람 모두가 같은 입장에 처해 있는 셈이다. 이런 경우에는 특별히 어떤 사람에게 존경을 표하거나 경직된 예의를 갖추지 않아도 되기 때문에 행동이 자연스럽고 긴장감도 떨어질 수 있다.

그렇지만 이런 경우라고 하더라도 기본적인 예의는 갖추어야 한다. 서로가 일정한 선을 지키지 않으면 불쾌하게 되는 것이다. 또 특별한 존경은 아니라도 누구나 일정한 정도의 배려는 기대하고 있다. 다른 사람에게 주의를 기울이지 않거나 무례한 행동을 하는 것은 허용되지 않는다.

심지어 누군가가 너를 따분하게 만든다고 해도 그를 무시해서 불쾌하게 해서는 안 된다. 그가 네게 말을 걸어왔다면 정중하게 대답해주는 것이 좋다. 그의 말을 무심코 흘려듣고 있다는 것을 눈치 채게 해서는 안 되는 것이다.

상대방이 여성일 경우에는 더욱 그렇다. 지위와 나이에 관계없이 여성에게는 배려가 필요하다. 한 여성의 소망, 좋아하는 것과 싫어하는 것은 물론 변덕과 건방진 것까지 배려해야 한다. 그것이 아첨으로 보일지라도 말이다.

이 밖에도 사람 관계에서 예의를 갖춘다는 것은 말로 다 할 수 없을 정도로 많은 경우가 있다. 네가 교육받은 것과 경험을 통해, 그리고 일반적인 양식과 사람에 대한 배려로 예의를 갖추면 될 것이다.

우려되는 부분은 너와 친하거나 너보다 못한 사람들에 대해 예의를 소홀히 하는 것이다. 너는 하루에도 몇 차례 네게 서비스를 제공하는 사람들이 태어날 때부터 너보다 우월한 지위에 있었다고 생각하지는 않을 것으로 믿는다.

하늘이 네게 주신 운명에는 감사해라. 그렇지만 너의 행운이 불운한 사람들을 하찮게 여기거나 불필요한 말로 그 사람들에게 상처를 주어도 좋다는 특권은 아니다. 나는 대등한 사람을 대할 때보다 신분이나 지위가 낮은 사람을 대할 때 더 많은 배려를 하는 편이다. 노력이나 실력이 아니라 그저 타고난 지위 때문에 자존심을 세우는 것처럼 보이고 싶지 않기 때문이다.

젊은 사람들은 그런 면에서 배려가 부족한 편이다. 명령하는 듯한 말투가 자신의 권위를 보여주는 것이라고 착각하는 듯하다. 어리석게도 다른 사람에게 교만하게 굴다가는 적대감을 만들어 줄 수 있다. 그런 경우 잘못된 쪽은 물론 배려가 부족했던 사람이다.

지위가 낮은 사람에게 배려가 모자란 사람들도 지위가

높은 사람이나 저명한 사람에게는 예의를 갖춘다. 솔직히 말하면 나도 젊었을 때는 그랬었다. 훌륭하고 매력적인 사람들에게 예의를 갖추는 데는 최선을 다했지만 나머지 사람들은 무시하기 일쑤였다.

관료나 지식인, 아름다운 미인 등에게만 예의를 갖추다 보니 남자, 여자를 막론하고 내가 무례하게 대했던 사람들은 나를 적대시하게 되었다. 그들은 내가 교만하다며 나의 이미지를 깎아 내렸다. 어리석게도 이때 나는 판단력이 모자랐다.

민심을 아는 왕이야말로 가장 안전하게 권력을 유지할 수 있는 왕이라는 말이 있다. 다른 사람의 충성을 바란다면 권위가 아니라 호감을 갖도록 해야 한다는 말이다. 사람의 마음을 사로잡는다는 것은 무엇과도 비교할 수 없는 힘이 된다. 그런 점에서 아주 친한 친구 사이에서도 잘못된 생각으로 낭패를 보는 경우가 있다.

친구 사이에 편하게 지내는 것은 너무나 당연한 일이다. 하지만 친구 사이에도 지켜야 할 선이 있고, 예의가 있다. 한 사람이 다른 사람을 배려하지 않은 채 수다를 떠는 것은 대화라고 볼 수 없다. 친구라서 조심할 것이 전혀 없다고 생각하는 것은 정말 그릇된 생각이다. 누군가가 이야기를 하는 동안 다른 누군가가 다른 생각을 하거나 심지어 하품을 하는 것은 실례이자 부끄러운 행동이다. 이런 경우가 잦아진다면 두 사람 사이가 멀어질 수도 있다.

아무리 친한 사이에서도 친분관계를 지속적으로 유지하기 위해서는 예의를 지켜야 하는 것이다. 예를 들어 부부 사이에서도 서로 조심성이 없어지고 배려하지 않게 되면 좋은 감정이 식어가고 어느 순간 싫증을 내거나 결별하게 될 수도 있다.

사람은 누구나 나쁜 면이 있다. 그것을 드러내는 것은 무례한 행동이다. 친구 사이에서 깍듯한 예의범절은 오히려 예의에 어긋날 수 있으나 적당한 정도의 예의를 갖춰 대해야 한다. 그것이 친분을 유지하는 비결이다.

너는 다이아몬드의 원석과 같다. 좋은 알맹이를 가지고 있지만 잘 갈고 닦지 않으면 아름다운 빛을 낼 수가 없는 것이다. 네가 준비가 되었다면 나를 비롯한 주위의 사람들이 너를 잘 가다듬어 좋은 빛이 나도록 해줄 수 있다.

의지는 분명하되, 표현은 부드럽게 해라

의지와 표현, 이 두 가지는
항상 조화를 이루어야 한다.

일전에도 네게 언행을 부드럽게, 의지는 분명하게 하라
고 말해주었다만 분명한 의지와 부드러운 표현은 늘 염두
에 두었으면 좋겠구나.

의지와 표현, 이 두 가지는 항상 조화를 이루어야 한다.
언행이 부드럽다는 것은 다른 사람에게 호감과 친근감을
줄 수 있다는 것이다. 하지만 의지가 분명하지 못한 상태에서 표현만 부드럽다면 이는 다른 사람에게 비굴하거나 소극적인 자세가 되고 만다. 반대로 강한 의지를 가지고 거칠게 표현하게 되면 매사를 사납게 밀어붙이는 사람으로 평가받고 말 것이다.

따라서 앞서 말했듯 의지와 표현을 조화롭게 하는 것이 필요하지만 그렇게 되는 것이 말처럼 쉽지 않고, 그렇게 하는 사람도 많지 않다.

의지가 강한 사람 중 상당수가 표현이 부드러운 것을 '약한 것' 으로 해석한다. 따라서 모든 것을 강하게 밀어붙여야 하는 것으로 생각한다. 이 같은 태도는 그야말로 '약한' 사람에게는 받아들여질 수 있다. 하지만 역시 굳건한 의지를 가지고 있는 사람과 마주쳤을 때는 서로 갈등을 빚거나 다른 사람의 적대감을 사거나 추진하는 일을 그르칠 수 있다.

일관되게 부드러운 것도 좋은 것만은 아니다. 표현이 부드러운 사람들은 그 유연한 자세로 모든 것을 이루려고 한다. 주의·주장은 오간 데 없고 다른 사람에게 자신을 맞춰 행동한다. 어떻게 보면 교활하다고도 할 수 있다. 현명한 사람은 이런 사람의 실체를 곧 파악하고 만다. 다만 자신에게 아부하기를 좋아하는 어리석은 사람만이 공략 가능할 뿐이다.

곧 현명한 사람은 강인한 의지와 함께 부드러운 표현으로 일관되고도 겸손한 태도를 보여준다. 현명한 사람이 다른 사람에게 지시하는 편에 서게 되면 겸손한 태도로 지시를 내려도 지시에는 위엄이 있다. 다른 사람도 자연스럽게 그 지시를 받아들이고 실천에도 소홀함이 없을 것이다.

반면 무작정 강압적인 지시가 내려진다면 반발심이 생겨 오히려 역효과를 가져다 줄 것이다. 때로 지나치다 싶을 때는 지시를 받은 사람으로부터 어떠한 보복을 받을 수도 있다. 이럴 경우 십중팔구는 그 사람이 마땅히 당할 만한 행위를 했다고 여겨질 것이다.

상황에 따라서는 반드시 임무를 성사시키기 위해 보다 강한 지시가 필요할 수도 있다. 그러한 태도가 일관된 것이 아니라면 말이다. 또한 상황의 추이에 따라 부드러움을 겸비함으로써 다른 사람이 열등감을 갖지 않고 지시에 따르도록 해야 한다.

분명한 의지와 부드러운 표현은 윗사람에게만 해당되는 태도는 아니다. 네가 다른 사람에게 무엇을 부탁할 때나 어떤 일을 정당하게 요구할 때도 통용된다. 처음부터 정중한 태도로 부탁하지 않으면 그 부탁을 거절하는 좋은 빌미가 될 수 있다. 물론 부드러운 태도로 목표한 바가 이뤄지는 것은 아니다. 적당히 타협하지 않을 것 같다는 의지와 일관성이 뒤따라야 하는 것은 물론이다. 그러면서도 겸손한 태도와 품위는 잃지 않아야 한다.

지위가 높은 사람들은 어떠한 일이 합리적이라고 하더라도 쉽게 들어주지 않는 경우가 많다. 지위가 높은 사람들에게 다른 사람들의 부탁과 불만은 익숙한 것이기 때문이다. 여러 부류의 사람들이 다양한 부탁을 해오면 귀찮기도 하고 일의 우선순위에 혼돈을 불러일으킬 수도 있다.

따라서 정의를 위해서, 국가를 위해서라는 보다 거창한 이유를 들어 거절하는 명분을 찾기 일쑤다. 하지만 끈질긴 설득이 계속되면 그 집요함 때문에, 심지어는 반발이 두려워서 요구를 들어줄 수도 있을 것이다. 결국 집요함에 굴복해 두 손 두 발을 모두 드는 결과를 낳는 것이다.

단순하게 부탁하는 정도로는 통하지 않는 사람들에게는 보다 적극적으로 호소함으로써 전혀 얘기치 않았던 결과를 이끌어 내는 방법이 유용할 수 있다. 이럴 때도 부드러운 언행이 뒷받침되어야 하는 것은 물론이다. 적어도 요구를 거절할 빌미는 주지 않을 것이다.

또한 부드러운 표현은 그 자체로 상대의 호감을 불러와 좋은 결과를 가져다 줄 수 있다. 중요한 것은 너의 부탁이나 요구가 명분을 가짐으로써 거절할 수 없게 만드는 것이다. 그렇게 하는 것이 부드러우면서도 강한 의지를 표현하는 것이다. 거칠게 밀어붙이는 것과는 전혀 다른 차원이다.

때로는 감정이 고조되고 이성을 잃어 거친 말이 튀어나오려고 할 때도 있을 것이다. 이럴 때일수록 자신을 억제하고 부드러운 표현을 찾는 것이 필요하다. 감정을 억제할 수 없으면 가라앉을 때까지 침묵하는 것이 좋다. 또 다른 사람이 표정을 읽어내지 못하도록 신경을 써야 한다. 이러한 절제된 자세는 상대방이 지위가 높거나 낮거나, 또는 자신과 대등할 때도 마찬가지로 필요하다.

그러나 언제나 부드러운 표현이 효과를 거두는 것은 아

니다. 상황에 따라 한 발도 물러날 수 없을 때도 있다. 이러한 상황에 처해서도 부드러운 자세를 유지하는 것은 결국 상대방의 뜻대로 하라는 것과 마찬가지이거나 많은 부분을 양보하지 않으면 안 되는 국면을 맞을 수도 있다. 따라서 보다 공격적으로 자신의 주장을 펴는 것이 필요하다. 부드러움과 겸손함을 무기로 강한 의지를 표현한다면 다른 사람들로부터 명분을 인정받고, 결국 자신이 뜻한 바를 이룰 수 있다.

교섭에서는 이런 의지가 특히 중요하다. 타협할 시점이 오기 전까지는 강한 의지를 보여주며 절충안도 받아주어서는 안 된다. 타협이 임박해서도 자신의 주장을 펴면서 한 걸음만 물러나야 한다. 이때도 상대의 속내를 들여다보고 부드럽고 진실된 태도를 잃지 않아야 함은 물론이다. 상대방의 의도를 알아채고 그에 맞춰 이해와 동의를 구하는 것이 교섭에서 성공하는 방법이다.

언행은 부드럽게, 의지는 분명하게 교섭에 나서면 대부분 좋은 결과를 얻을 수 있고, 적어도 상대의 의도에 끌려가는 일은 발생하지 않을 것이다.

부드럽다고 하는 것은 언제나 유연한 것을 뜻하는 것은 아니다. 상대방의 의견이 잘못됐을 때는 과감히 지적하고 자신의 의견을 확실히 주장할 수 있어야 한다.

진정한 부드러움은 태도, 분위기, 표정, 말투 그런 것들을 부드럽게 하는 것이다. 다른 사람에게 강요하거나 거칠게 표현하는 것은 여러 모로 자연스럽지 못하다. 상대방과 다른 의견을 말할 때도 그 표현은 품위 있고 부드러워야 하는 것이다.

부드러운 표현은 토론에서 특히 중요하다. 토론은 너와 나 누구도 상처를 입지 않고 기분 좋게 마무리되어야 한다. 그것은 서로가 그럴 의도가 없다는 자세를 보여줌으로써 가능하다.

표정, 말투 같은 것들을 부드럽게 함으로써 다른 사람에게 품위를 보여주고, 중요한 사안마다 강한 의지를 보여준다면 항상 위엄을 잃지 않고 다른 사람들을 진정으로 설득할 수 있다. 부드러운 말투가 설득력이 부족한 것은 아니다. 오히려 상대방의 마음을 움직일지도 모른다. 반면 강하게 밀어붙이는 태도만으로는 다른 사람을 설득할 수 없다.

친한 사람들 사이에서 변함없는 의지는 다른 사람의 마음을 사로잡게 되며, 부드러운 언행은 다른 사람을 적으로 돌리는 것을 막아준다. 적에게도 마음을 열고 부드럽게 대하는 것이 필요하다. 다만 적대감이 없다는 것과 너의 의지가 강하다는 것을 보여주기만 하면 되는 것이다. 네가 주장하는 것이 합리적이고 옳은 것이라는 것을 증명하는 것으로 거친 적대감을 대신해야 한다.

언행은 부드럽게, 의지는 분명하게 하는 것은 마음으로부터 우러나는 존경을 받는 유일한 방법이다. 따라서 현명한 사람들은 이러한 자세를 몸에 익히고 싶어한다.

대문자만으로 인쇄된 책은 읽기 어렵다.
일요일뿐인 인생도 마찬가지다.

-장 파울-

먼저 화를 내는 것은 지고 들어가는 것이다

감정을 억제할 수 없으면
가라앉을 때까지 침묵하는 것이 좋다.

세상에는 살아가는 지혜가 있다. 그것을 빨리 배워 실천하는 사람이 가장 먼저 성공에 이르게 된다. 그것들을 간파하지 못하면 먼 훗날 후회하게 된다.

살아가는 지혜에서 빠뜨릴 수 없는 것이 감정을 겉으로 드러내서는 안 된다는 것이다. 말이나 표정에서 너의 마음이 흔들리고 있다는 것을 알아채게 해서는 안 된다. 일단 다른 사람이 너의 마음 상태를 알아버리면 그는 곧 너를 노련하게 조종하고, 결국 너는 그의 뜻에 휘둘리게 될 것이다. 이런 상황은 사회생활뿐만 아니라 일상생활에서도 언제나 일어날 수 있다.

좋은 소리나 싫은 소리를 들었을 때 즉시 뛸 듯이 기뻐하거나 안색을 바꾸며 화를 내는 사람들은 보다 처세에 능한 사람에게 피해를 입을 가능성이 커지는 것이다. 교활한 사람은 일부러 상대방에게 듣기 싫은 소리나 듣기 좋은 말을 늘어놓고 나서 다른 사람의 마음을 교란시킨다. 그리고 자신의 주장을 교묘하게 전달하거나 그 사람에게서 무엇인가 얻어내고자 하는 목표를 달성하는 것이다.

냉정하다는 것 또는 냉정하지 못하다는 것은 타고난 성격일 수 있다. 따라서 의지가 개입할 여지가 줄어드는 것도 사실이다. 그렇다고 하더라도 의지를 갖고 노력하면 전혀 통제가 불가능한 것은 아니다.

평소에 이성으로 성격을 억제하는 연습을 하면 습관적으로 가능할 수 있다. 감정을 억제할 수 없으면 가라앉을 때까지 침묵하는 것이 좋다. 어떠한 상황에 처해서도 얼굴

표정을 바꾸지 않는 노력도 필요하다.

또 누누이 말했지만 재치 있는 말이나 농담이 호감을 줄 수 있으나 찬사까지 받는 것은 아니다. 때에 따라서는 진지한 자세가 필요한 것이다.

반대로 네가 농담의 대상이 되었을 때는 못 들은 척하는 것이 좋다. 못 들은 척하기 어렵다면 그것을 인정해버려라. 말이 되는 것 같다며 주제를 돌리는 것이 현명하다. 그에 반박하고 다투는 것은 그렇다고 인정하는 것이 되거나 그로 인해 상처를 받았다는 것을 의미하게 된다.

이 같은 이유로 다혈질인 사람을 상대하는 것은 좋은 결과를 얻을 수 있다는 것을 의미한다. 상대방이 사소한 문제에도 쉽게 흥분한다면 이것저것 떠보고 그 표정을 통해 진심을 알아낼 수 있는 것이다. 비즈니스에서 상대방의 마음을 읽어냈다면 이미 절반의 성공을 한 것이나 다름없다.

역으로 보면 감정이나 표정을 숨기지 못하는 사람은 그것을 읽어내는 사람에게 많은 것을 잃을 수 있다는 것을 뜻한다. 다른 조건이 모두 같다는 전제 아래서는 그 영향이 더 크다.

옛말에 '마음을 읽혀서는 사람을 거느릴 수 없다'고 했듯 마음을 읽혀서는 아무 일도 이룰 수 없다고 보아야 할 것이다.

자신의 속마음을 들키지 않으려고 시치미를 떼는 것은 정당한 행위이다. 그것은 다른 사람을 속이기 위해 시치미를 떼는 것과는 다르다. 상대방을 속이기 위해 사실을 사실이 아닌 것처럼 위장하는 것은 바람직한 행동이 아니다.

철학자 베이컨은 이렇게 말했다.

"다른 사람을 속이는 것은 현명한 사람이 할 일이 아니다. 자기 속마음을 보이지 않는 것은 카드를 보이지 않는 것과 같을 뿐이지만 다른 사람을 속이는 것은 다른 사람의 카드를 훔쳐보는 것과 마찬가지다."

영국의 정치가 볼링브로크 경도 '다른 사람을 속이기 위해서 속마음을 숨기는 것은 칼을 휘두르는 것과 같다. 일단 칼을 쓰면 어떠한 변명도 통하지 않는다.'고 말했다.

내 생각도 그렇다. 반면 다른 사람에게 속마음을 들키지 않는 것과 기밀을 유지하는 것은 꼭 필요하다. 그런 점에서 어느 정도 감정을 감추지 않으면 기밀 또한 유지하기가 쉽지 않다. 그것은 큰 손실을 유발하게 될 것이다.

　너는 감정에 변화가 있더라도 그것을 표정이나 행동에서 나타내지 않도록 노력해야 한다. 앞서 말했듯 쉬운 일은 아니지만 불가능한 일도 아니다. 불가능한 일이라면 도전할 필요조차 없을 것이다. 현명한 사람은 아무리 어려운 일이더라도 가치가 있는 일에는 몇 배의 노력을 기울여 달성하고야 만다.

알차게 보낸 하루가 편안한 잠을 가져다 주듯이
알찬 생애가 평온한 죽음을 가져다 준다.

-다빈치-

때로는 모르는 척하는 것도 좋다

어느 경우라 하더라도 다른 사람의 이야기를
들어주는 것은 의미가 있는 일이다.

'모르는 척하는 것'은 때로 큰 이로움을 가져다준다.
네가 알고 있는 것이라 하더라도 다른 사람이 물었을 때
모르는 척하면 그는 하고 싶었던 이야기 보따리를 모두
풀어놓을 것이다.

많은 사람들이 어떠한 이야기를 상대방이 들어줌으로써
기쁨을 느낀다. 그런 사람들 중에는 자신의 지식을 알리고

싶어서 자신의 전문분야에 대해 이야기하는 사람이 있는가 하면 어떠한 이야기를 너와 공유함으로써 친밀함을 유지하려는 사람도 있다. 어느 경우라 하더라도 다른 사람의 이야기를 들어주는 것은 의미가 있는 일이다.

알고 있는 이야기를 들려줄 때 아는 척하는 것은 상대방을 실망시키거나 대화의 흐름을 끊어 분위기를 어색하게 만들게 될 것이다. 더 나아가 그를 무시했다고 생각하거나 그가 원하는 분위기를 맞춰주지 않는 사람으로 낙인찍히게 될 수도 있다. 이렇게 되면 너는 그의 우호적인 눈길에서 벗어날 수밖에 없다.

특히 다른 사람의 험담에는 주의를 기울여야 한다. 많은 경우 험담을 말하는 사람은 물론 듣고 동조하는 사람도 나쁜 사람으로 취급받게 된다. 따라서 다른 사람의 험담에 대해서는 거의 확실한 말이라고 하더라도 무슨 사연이 있을 것이라는, 그럴 리가 없다는 반응을 보여주는 것이 좋다.

이처럼 매사를 잘 모르는 것처럼 행동하면 얘기치 않게 정말 몰랐던 정보를 듣게 되는 수가 있다. 이것은 정보에 접근하는 가장 좋은 방법 중의 하나이기도 하다.

많은 사람들이 자신의 우월감을 과시하고 싶어한다. 때문에 다른 사람에게 말해서는 안 될 정보를 쉽게 이야기한 곤 한다. 그때 모르는 척하는 것은 정보를 얻는 데도 도움이 될 뿐더러 어떤 음모나 계략과는 거리가 있는 사람으로 비쳐지게 된다. 그럴수록 정보는 더 많이 얻을 수 있다.

이렇게 얻는 정보는 큰 도움이 된다. 전해들은 정보는 사실관계를 파악해 정확히 알고 있어야 한다. 그렇지만 다른 사람을 통해 알게 된 첩보를 듣고 직설적인 질문을 하는 등의 직접적인 사실관계 파악은 현명하지 않다. 아마 상대는 긴장해 방어자세를 취하게 될 것이다.

이런 경우 아는 척하는 것 역시 모르는 척하는 것과 마찬가지의 효과를 낼 수 있다. 사람들은 알고 있는 정보의 진위를 정확히 잡아주거나 덧붙여 더 많은 부연설명을 해줄지도 모른다. 또는 네가 미처 생각하지 못했던 다른 부분에 대해 궁금해하며 핵심이 될 만한 것을 짚어줄 것이다.

이러한 전후관계를 모두 이해하고 활용하기 위해서는 주변에 대한 관심이 필요하다. 또 정보의 가치를 판단하는 능력을 키워야 한다. 무적의 아킬레우스도 전장에 나갈 때는 완전무장을 했다. 사회는 전쟁터와 다를 바가 없는 것이다. 언제나 완전무장을 해야 하는 것이다. 그렇지 않고 방심하면 크게 후회하게 된다.

자기가 어디로 가고 있는지를 아는 사람은
세상 어디를 가더라도 길을 발견한다.

-데이비드 스타 조르단-

다양한 부류의 사람들을 사귀어 두어라

능력이나 자질이 비슷한 사람끼리의 대등한 관계는
상대방에 대한 존경이 바탕에 깔려 있다.

지금쯤이면 너는 몽펠리에에 가 있겠구나. 파리에는 네
게 소개해주고 싶은 두 명의 영국인이 있다. 대단한 사람들
이지.

한 사람은 네게 디종까지 가서 만나보도록 했던 하비 부
인이다. 그는 궁에서 태어나 궁에서 자랐다. 궁전의 예절에
익숙해 있고, 품위를 갖추고 있으며 세상에 대한 안목도 높

다. 읽어야 할 책은 모두 읽었다고 할 수 있고 라틴어도 능숙하다.

너는 그를 보호자로 생각하고 무엇이든 상의하면 된다. 또 회화에서부터 예의범절까지 문제가 있으면 언제라도 지적해달라고 부탁해두어라.

네게 소개해줄 또 한 사람은 한팅턴 백작이다. 내가 너만큼 관심을 갖고 바라보는 사람으로 그는 나를 양아버지처럼 따른단다. 그는 우수한 자질에 학식을 더했으며, 성격까지 남달라 이 나라에서 가장 건실한 청년이라고 보아도 무방할 정도다.

이런 사람들과 친분을 맺는 것은 중요하고도 꼭 필요한 일 중의 하나이다. 그 사람들도 너와 친하게 지내는 것을 기쁘게 생각할 것이다.

사회에서 살아가기 위해서는 친분관계가 필요하다. 친분을 쌓고 잘 유지하는 사람은 성공에 보다 가까이 있다.

친분관계는 대등한 관계와 대등하지 않은 관계로 구분지을 수 있다. 능력이나 자질이 비슷한 사람끼리의 대등한 관계는 상대방에 대한 존경이 바탕에 깔려 있다. 이 관계

아래서는 서로 능력을 인정하고 서로의 성장을 위해 노력하게 된다.

이러한 관계는 때로 이해가 상충되는 면이 있더라도 쉽게 허물어지지 않는다. 조금씩 한 발 물러서는 배려가 따르기 때문이다.

한팅턴 백작과 네 사이에는 이런 관계가 형성되기를 바란다. 두 사람 모두 같은 시기에 사회로 진출하게 될 것이다. 그때 두 사람은 힘을 합쳐 더 큰 힘을 발휘할 수 있게 될 것이다. 두 사람이 동반 성장할 수 있음은 물론이다.

반면 대등하지 않은 친분관계에서는 어느 한 쪽의 일방적인 지원이 이뤄진다. 이 경우에는 어느 한 쪽에서 도움을 받게 되나 도와주는 쪽에서도 이렇다 할 큰 도움을 주는 것은 아니다. 결국 적당히 공생하는 것이다.

예를 들면 한 쪽에 지위가 있고, 다른 한 쪽에는 능력이 있는 경우가 그렇다. 도움을 받는 사람은 상대의 우월감은 아랑곳 않고 자신의 존경을 표한다. 그러나 내심으로는 그를 이용해 자신이 원하는 바를 이루기 위해 기회를 보게 된다. 반면 도움을 주는 사람은 상대가 자신의 휘하에 있다고 철석같이 믿고 있지만 실상은 상대의 의도에 따르는 결과가 되기도 한다.

이러한 사례는 생각보다 많다. 사회에는 이처럼 한 쪽에만 유리하게 작용하는 관계가 일반적이다.

인간관계에서 중요한 것은 자기가 싫어하거나 또는 자기를 싫어하는 사람들과도 일정한 관계를 유지하는 것이다. 젊은 사람들은 이것을 알고 있으면서도 실천하는 데는 어려움을 겪고 있는 것 같더구나. 작은 일에 흥분하다보면 이런 데까지 생각을 못하게 되는 것이다.

남녀 관계에서도 마찬가지다. 상대에게서 작은 일로 감정이 상하게 되면 사랑이라는 감정이 쉽게 사그라지고 만다. 하지만 이것은 좋은 태도가 아니다. 사회생활은 싫어하는 사람도 사려 깊게 배려해야 하는 것이다.

모든 사람은 인류를 변화시킬 생각을 한다.
그러나 자기 자신을 변화시킬 생각을 하는 사람은 별로 없다.

-레오 톨스토이-